L’affaire des Gaëls

M.A. GRAFF

1er tirage

DU MÊME AUTEUR :

Revenant
Le Voisin
Mystification
Sang Bleu
Poker Face
Le Serpent
Brumes
Continuum
Dystopia
Echo Funèbre
Fleur de Mort
Galatéa
Hortense
Intra muros
Jeu de dupes
Kairos

Série « Les enquêtes d'Edgar Spencer »
L'affaire Le Guirrec
L'affaire Marie-Morgane
L'affaire du Korrigan
L'affaire des Gaëls

DISPONIBLES SUR
www.editions-ramses6.com
www.fnac.com
www.amazon.fr
www.cultura.com
et dans toute librairie sur commande

N° ISBN : 978-2-919578-40-5

Chapitre 1 – L'arrivée

Edgar cligna des yeux, ébloui par le soleil d'hiver matinal qui inondait le vaste hall des sorties de l'aéroport de Dublin. Il lui fallut quelques minutes pour s'orienter, car c'était la première fois qu'il mettait le pied en Irlande par ce moyen de transport. Mais cela ne lui déplaisait pas, bien au contraire, car refaire la traversée en ferry depuis Liverpool aurait ramené trop de souvenirs douloureux à la mémoire. C'était ainsi qu'étudiant en vacances, il avait rencontré pour la première fois Dorothy, sa femme… Dottie, ainsi qu'il l'avait toujours appelée dans l'intimité. Dieu, qu'elle lui manquait ! Un bref instant, il se demanda si ce voyage était vraiment une bonne idée, en jetant un coup d'œil oblique vers le carton d'invitation épais et rigide qu'il avait serré à la main presque tout le vol.

Il se secoua, et se morigéna presque. Sa chère épouse aujourd'hui disparue aurait mille fois voulu qu'il puisse enfin être en bons termes avec son aristocratique belle-famille… pour honorer son souvenir, ne devait-il pas essayer de faire de son mieux ? D'autant qu'il s'était déjà réconcilié avec son fils Fergal au printemps passé[1]… autant poursuivre jusqu'au bout, même si sa chère petite librairie près de Quiberon et tous ses amis et voisins de Kerdavallec lui manquaient déjà. Il avait passé une excellente saison d'été, et sa première exposition dans sa galerie d'art flambant neuve avait reçu un franc succès grâce aux magnifiques toiles de Yann Poulpiquet, son artiste local.

Il emboîta le pas à la masse de gens qui se dirigeait vers la station de taxis, et devant la longueur de la file d'attente, regretta presque d'avoir demandé à son fils de ne pas venir l'accueillir à l'aéroport. Cependant, les cabs se succédaient à

[1] Voir L'affaire du Korrigan, dans la même collection

une vitesse étonnamment rapide, si bien que quinze minutes plus tard, il roulait déjà en direction du centre-ville.

Malgré l'insistance de son fils pour le loger, il avait tout de même réservé une chambre dans un hôtel confortable, préférant conserver son indépendance et redoutant aussi un peu de compromettre leur entente de fraîche date. S'étant installé et douché, il se dirigea ensuite vers la réception et demanda un nouveau cab pour se rendre à l'appartement de son fils, d'où ils devaient ensuite déjeuner dans un pub que celui-ci connaissait. Arrivé à l'appartement, il crut s'être trompé lorsqu'une ravissante jeune femme à la tenue élégante et aux cheveux noirs mi-longs lui ouvrit. Mais elle lui dédia un large sourire avant de tourner la tête.

- Fergie ! s'écria-t-elle par-dessus son épaule. Ton père est là !
- Salut, content de te voir, fit ce dernier en émergeant en hâte de la porte d'à côté. Tu n'as pas eu de mal à trouver ?

La surprise d'Edgar devait se lire sur son visage – son fils lui ayant appris qu'il n'avait pas de relation féminine suivie lorsqu'ils s'étaient revus – car il ajouta avec embarras.

- Tu ne connais pas Tara, je crois. C'est une styliste de mode. On s'est rencontrés en Italie, à Milan.
- Enchanté de faire votre connaissance, dit aussitôt Edgar en lui tendant la main avec un sourire.
- Tara Connors, se présenta-t-elle aussitôt en répondant à son sourire.

Edgar jeta un coup d'œil inquisiteur à son fils en biais. Aïe. Il reconnaissait à l'attitude embarrassée et inquiète de celui-ci non un simple flirt, mais ce qui ressemblait plutôt à un coup de foudre. Cette jeune Tara avait les yeux bleu vif perçants, la chevelure noire de jais et l'allure décidée des Irlandaises qu'il valait mieux ne pas contrarier. Le libraire rit sous cape. Bien fait pour ce cœur d'artichaut de Fergal. Si elle pouvait le mener à la baguette, elle vengerait sans le savoir un nombre incalculable de ses consœurs. Il sourit donc encore plus largement avant de proposer :

- Pour la peine, je vous offre le déjeuner. Connais-tu une bonne adresse, Fergal ?
- Oui, dans le centre, fit-il aussitôt.
- J'espère que tu ne penses pas au Temple Bar, mon chou ? s'écria Tara en fronçant le sourcil.
- Ben… si… mon père ne connaît pas Dublin, alors je m'étais dit…
- Voyons, c'est un nid à touristes et la musique y est assourdissante ! On ne s'entendra même pas crier ! Allons, il vaut mieux aller au Mac Daids, c'est beaucoup plus calme, trancha-t-elle d'un ton sans réplique.
- Tu as peut-être raison, reconnut humblement Fergal, tandis que son père ricanait intérieurement.

Quelques moments plus tard, les trois convives déjeunaient devant une bière dans un décor gothique typique de ce vieux pub à la fréquentation des amoureux de la littérature.

- Comment s'est passé ton voyage, Papa ? demanda courtoisement Fergal.

Edgar faillit en avaler de travers. La dernière fois que son fils l'avait appelé ainsi, il devait encore porter des culottes courtes. Il devina que Tara n'était pas au courant de leurs différends passés, et enchaîna charitablement.

- Très bien, je te remercie. Tu te rappelles Vicky ? C'est elle qui s'occupe de la librairie en mon absence, et ma première expo dans ma toute nouvelle galerie d'art a reçu un très bon accueil, toutes les toiles de Yann Poulpiquet ou presque ont été vendues. J'espérais avoir un autre artiste pour une nouvelle expo à l'automne, mais pour l'instant, je ne trouve personne.
- Une galerie d'art, vraiment ? s'exclama Tara. J'ai entendu dire que des peintres allaient en Bretagne car la lumière y est exceptionnelle.

Une flamme d'intérêt s'était allumée dans ses yeux, et Edgar sut qu'il venait de marquer des points.

- Et les gens du village ? s'enquit-elle.
- Tous charmants, confirma-t-il avec force, j'y ai de vrais amis. Ce sont des gens merveilleux.

Il s'abstint naturellement de préciser que trois d'entre eux avaient été convaincus de plusieurs meurtres, mais la grimace révélatrice de son fils ne lui échappa pas.

- Et quelles sont les nouvelles, du côté de ma charmante belle-famille ? demanda-t-il pour faire diversion.

Cette fois, l'ironie de la question fut perceptible pour les deux jeunes gens, qui échangèrent un regard éloquent.

- C'est le branle-bas de combat, reconnut Fergal avec franchise. J'ai eu Blackie au téléphone hier. Du côté de tante Sinead, elle a fait dire des messes et a brûlé quantité de cierges à la chapelle du village pour que cette réconciliation se passe bien, tout en pleurnichant sans cesse auprès du pauvre père O'Leary, qui doit regretter d'être entré dans les ordres en ce moment. Quant à grand-mère Mairéen, tu ne l'as jamais rencontrée en chair et en os - ce dont j'espère tu es dûment reconnaissant envers maman. Pour être franc, je ne sais pas trop ce qu'elle pense. Elle non plus, d'ailleurs. Tantôt elle a l'air contente, tantôt elle passe sa mauvaise humeur sur tous les domestiques, et il lui arrive aussi de se murer dans un silence hostile pendant des heures. Je n'ai aucune idée de ce que tu vas trouver en te rendant là-bas, pour être honnête.
- Et comment va-t-il, ce vieux Blackie ? demanda Edgar, qui ajouta à l'attention de Tara dont l'expression surprise ne lui avait pas échappé, il s'agit du surnom de James Blacklock, le maître d'hôtel de Goddard Park.
- Oh lui, toujours fidèle, enchaîna Fergal. Un vrai roc de Gibraltar. Tu sais que j'en avais une peur bleue, étant

enfant ? Mais il est monté de cent coudées dans mon estime le jour où il m'a épargné un énième service religieux avec tante Sinead alors qu'il pleuvait des cordes.

- Comment diable a-t-il réussi cela ? Même ta mère n'y serait pas parvenue ! s'étonna Edgar.
- Oh, il a planté son mètre quatre-vingt-quinze devant l'entrée et a déclaré d'une voix de stentor à cette bigote « *Cet enfant va prendre froid, madame Kerry* ». Tante Sinead s'est dégonflée en ce qui me concernait, mais elle a tenu à y aller pour son propre compte. Hélas, même le Tout-puissant n'a pas dû apprécier ses efforts puisqu'elle y a récolté une double pneumonie et quinze jours de lit. Par la même occasion, la fin de mon séjour s'est déroulée comme dans un rêve puisqu'elle a dû me laisser en paix. C'est Blackie qui s'est occupé de moi et m'a emmené plusieurs fois au pub et au club de rugby local.
- Il me tarde de le retrouver, fit Edgar avec un grand sourire. Je ne l'ai vu qu'une fois, il y a bien longtemps.
- La dernière fois que je m'y suis rendu, c'était pour présenter Tara, il y a dix jours. Il y avait aussi une jeune fille là-bas, que tante Sinead héberge provisoirement.
- Une… euh… personne dans le besoin ? demanda Edgar avec tact.

N'importe quel canard boiteux pouvait faire appel à la générosité de Sinead, et même si son ardeur de prosélyte pouvait facilement taper sur les nerfs après cinq minutes d'exposition, on ne pouvait nier qu'elle avait un cœur d'or. Edgar, d'après le portrait que lui en avait fait sa défunte épouse, soupçonnait que sa sœur aînée s'était réfugiée dans la ferveur religieuse après son veuvage pour échapper au climat étouffant et tyrannique que sa mère entretenait autour de ses deux filles. Le miracle était que Mairéen ait accepté cette invitée, elle qui ne tolérait d'ordinaire que sa famille proche autour d'elle à Goddard Park.

- Je ne crois pas, non. Il y a quelque chose de louche là-dedans, tante Sinead s'est fermée comme une huître quand je lui ai demandé des précisions. Mais je prends les paris sur le temps que la pauvre fille mettra à décamper. N'importe quelle personne saine d'esprit fuit grand-mère Mairéen comme la peste, d'autant qu'elle semble ne pas la porter dans son cœur.

Adorant dominer les autres, la vieille femme n'avait pas eu de chance en ce qui concernait Dorothy, celle-ci disposait d'une dot qui lui appartenait en propre et s'était enfuie de Goddard Park pour se marier avec Edgar - avec deux passants pour témoins - avant leur départ d'Irlande. Les deux époux avaient tenté de vivre un temps en Angleterre, mais la vieille pie les avait poursuivis de sa rancœur en essayant de rendre le mariage de sa fille illégal de toutes les manières possibles. Elle ne s'était calmée qu'après la naissance de Fergal et après avoir dépensé une fortune en honoraires d'hommes de loi. Après le déménagement du couple en France pour avoir la paix, et l'absence de tout signe de vie pendant cinq ans, elle avait fini par reconnaître sa défaite et une sorte de réconciliation partielle avait eu lieu – la belle-famille irlandaise d'Edgar acceptait de recevoir une fois l'an sa femme et son fils – lui étant bien sûr toujours considéré comme un paria. Il ne s'était rendu qu'une seule fois à Goddard Park dans le passé, pour se jurer de ne plus jamais y remettre les pieds.

Bien qu'elle ne l'ait jamais ouvertement déclaré à sa fille, l'humiliation de Mairéen avait été complète lorsque son oncle Egbert, qui adorait son arrière-petit-neveu, avait légué l'intégralité de sa fortune personnelle à Fergal. De plus, à la mort de Dorothy, Edgar avait tenu à ce que la dot de sa défunte femme revînt en propre à sa belle-famille, lui-même ayant mené une carrière florissante et se trouvant à l'abri du besoin.

Dorothy ne lui parlait que très peu de son enfance ou de ses racines, et lui-même n'y prêtait guère attention. Il n'avait vu Goddard Park qu'en photo, car la seule fois où il s'y était rendu, une pluie diluvienne avait rendu le bâtiment presque invisible pendant tout le séjour. Mais maintenant, il allait entrer dans la fosse aux lions…

Chapitre 2 – Verte Irlande

Rassemblant son courage après avoir réglé le chauffeur, Edgar s'extirpa du cab qui l'avait amené et se résolut à sonner au carillon antique qui décorait le côté de la grande porte de bois verni de l'imposant édifice de Goddard Park. Le trajet avait duré plus d'une demi-heure depuis le centre de Dublin, mais avait semblé beaucoup plus court à Edgar, qui n'était pas pressé d'y parvenir. L'immense bouton central en laiton rutilait au centre, massif et presque arrogant. Edgar, tandis qu'il attendait, balaya des yeux le jardin magnifiquement ouvragé où s'affairaient deux jardiniers, en notant les beaux buissons de roses épanouies et le gazon vert tendre fraîchement coupé qui embaumaient l'air vif avant qu'un grincement léger ne prélude à l'ouverture.

- Bonjour, monsieur Spencer, fit une voix profonde. Monsieur a-t-il fait bon voyage ?

Edgar leva les yeux vers l'immense figure grisonnante aussi imposante que la porte, qui le regardait sans sourire. Il prit une profonde inspiration d'un air qui lui parut lourd et confiné en comparaison de l'extérieur, et balbutia presque.

- Euh… très bien, merci, Blacklock. Mon fils Fergal vous envoie son bonjour.

Il pénétra dans un hall sombre aux boiseries de palissandre foncé qui lui donna l'impression de pénétrer dans une caverne. Le majordome géant inclina la tête sans émotion apparente, et se saisit de l'imperméable d'Edgar.

- Je vais vous annoncer tout de suite, monsieur. On va venir prendre vos bagages et les monter dans votre chambre.

Edgar patienta quelques minutes à côté de sa valise, qu'un valet de pied aussi guindé que le majordome vint bientôt enlever sans un mot ni un sourire. Ennuyé par le décorum ampoulé de ce mausolée, le libraire leva les yeux vers la belle balustrade du grand escalier ouvragé lorsqu'il remarqua deux yeux qui luisaient et le fixaient avec intensité. Il plissa les yeux et distingua la silhouette d'une adolescente diaphane vêtue de teintes blanchâtres et à la longue chevelure blond argenté qui le dévisageait ouvertement, poing appuyé contre la rambarde telle une sentinelle glaciale.

- Bonjour, fit-il d'une voix claire, ce qui rompit le charme.

Comme si elle avait été piquée par un insecte, l'adolescente sursauta et disparut aussitôt sans lui répondre. Ce devait être la réfugiée confiée aux bons soins de Sinead…

A cet instant, le majordome revint et demanda avec déférence.

- Veuillez me suivre, je vous prie.

Edgar lui emboîta le pas, sa nervosité augmentant de minute en minute, jusqu'à déboucher dans un grand salon d'apparat qui ne devait guère servir en temps normal, mais Edgar devina que sa belle-mère et sa belle-sœur l'intronisaient dans les lieux avec tout le protocole d'usage.

- Monsieur Spencer, le salua une vieille femme d'un ton royal tandis qu'elle ne levait en rien son auguste derrière du vaste fauteuil qu'elle écrasait de sa présence – dans tous les sens du terme.

Il s'empara de la main boudinée qu'elle lui tendait et lui fit le baisemain non sans se sentir totalement ridicule. *En tout cas*, se consola-t-il intérieurement, *personne à Kerdavallec ne le saura.* Il imaginait déjà les mines à la fois effarées et moqueuses de Vicky, son assistante, de Malo Kerven son ami policier municipal, de ses chères vieilles amies Riri, Fifi et Loulou, les trois commères du village qu'il avait affectueusement surnommées ainsi.

- Bonjour, lui dit alors une créature falote toute de noir vêtue, jusqu'alors passée inaperçue, qui s'avança et lui serra gentiment la main avec un sourire timide sous le regard furibond de la vieille femme.

- Sinead ! la rappela-t-elle à l'ordre avec sévérité.

Celle-ci obtempéra de mauvaise grâce et retourna s'asseoir, non sans un léger soupir et un regard contrit à son beau-frère. La vieille femme prit alors majestueusement la parole et déclama un discours pesant au cours duquel elle semblait se justifier d'avoir dérogé à un prétendu code d'honneur en faisant réapparaître ainsi son gendre dans le cercle familial.

- Et c'est ainsi, mon cher gendre, que nous vous accueillons dans notre famille avec tous les égards qui vont sont dus au vu de ce deuil tragique qui nous a tous dévastés. Cependant, …

Edgar, qui avait espéré que ce monologue touchait à sa fin, en fut pour ses frais. Il commençait à ressentir un tiraillement bien connu de la mâchoire, signe avant-coureur d'un formidable bâillement, et fit de son mieux pour se maîtriser. Les phrases monocordes se succédant les unes aux autres, ses yeux picotèrent bientôt et il battit frénétiquement des paupières pour lutter contre sa somnolence, lorsque la mégère interpréta mal son geste.

- Vous êtes ému par cet honneur, naturellement, mon cher gendre, déclara-t-elle pompeusement, mais laissez-moi vous rassurer, tout le monde s'accorde à dire que vos mérites vous donnent droit d'être ainsi distingué.

Tu parles, songea Edgar en priant pour que ce flot de paroles cesse bientôt, ou il ne pourrait plus maintenir les apparences. Ce fut une musique céleste de harpe qui interrompit brutalement la duègne, laquelle lança furieusement à sa fille.

- Sinead ! Ne peux-tu demander à ta protégée de faire moins de bruit ?

- Si vous estimez que la musique constitue du bruit… De toute façon, mère, nous devons bientôt nous changer pour le dîner, répondit-elle en regardant sa montre.

Edgar, qui savait que le cérémonial le plus strict était observé à Goddard Park et avait prudemment emmené son smoking, bondit aussitôt sur ses pieds.

- Excusez-moi de vous avoir retenues, Mesdames, fit-il courtoisement, je vais regagner mes appartements.
- Faites, lui dit la grosse femme avec un signe condescendant de la main, telle une reine mère congédiant un laquais.

Par chance, Sinead sortit en même temps que lui, ce qui lui donna l'occasion de lui demander en chuchotant.

- Savez-vous où se trouve ma chambre ?
- Bien sûr, suivez-moi.

Ils montèrent l'escalier et Sinead se dirigea aussitôt vers une des portes qu'elle repoussa sans hésiter.

- C'était l'ancienne chambre de Dorothy, celle qu'elle occupait lorsqu'elle venait ici avec votre fils Fergal… j'ai pensé que vous aimeriez y loger, mais si cela ne vous convient pas, n'hésitez pas à me le dire et je vous ferai préparer une chambre d'amis, à l'étage des invités.

Une boule dans la gorge, Edgar fut réellement touché de cette attention.

- Merci, Sinead. Je sais que Dottie vous tenait en haute estime.
- De rien, Edgar. Je dois me rendre à un service religieux après dîner, cela vous plairait-il de m'accompagner ?

Une demi-heure plus tôt, Edgar aurait cherché toutes les excuses possibles pour ne pas accompagner Sinead, mais la perspective de se retrouver toute la soirée en tête-à-tête avec sa Gorgone de belle-mère fit immédiatement pencher la balance.

- Merci, Sinead. J'accepte avec plaisir, dit-il avec sincérité.
- Vous aurez l'occasion de rencontrer le père O'Leary, qui connaissait bien Dorothy. Plusieurs de ses vieux

amis et connaissances seront également présents. Ils seront ravis de vous rencontrer, dit-elle gentiment.

Une fois prêt pour le dîner, Edgar ne se sentait pas le courage de descendre affronter sa belle-mère sans le soutien de sa belle-sœur, et l'attendit sur le palier. On lui toucha soudain le bras. Il sursauta violemment et se retourna pour faire face à l'adolescente pâle et fine qu'il avait déjà entrevue en haut de l'escalier, qu'il n'avait pas entendue s'approcher de lui. Maintenant qu'il la voyait de près, elle avait perdu de son apparence spectrale. Très jolie, vêtue d'une longue robe blanche à la coupe très simple, des perles aux oreilles rehaussaient son apparence de fée éthérée.

- Vous êtes le beau-frère de Sinead Kerry ?
- C'est exact, mon nom est Edgar Spencer.
- Je suis Katie Holmes, se présenta-t-elle. Sinead m'a invitée à passer quelques jours ici.

Edgar chercha quoi dire, puis demanda.

- C'est vous qui jouiez de la harpe un peu plus tôt ?
- Non, dit-elle tranquillement, mais ma meilleure amie en jouait, et je me passais un de ses enregistrements.
- C'était très beau en tout cas.
- Elle jouait merveilleusement bien. Elle me manque.

Elle sembla attendre une question qui ne vint pas, puis ajouta.

- Elle est morte, vous savez. Vous devez être au courant ?
- Euh … non, pas du tout. Toutes mes condoléances.

Les bras ballants, Edgar se demanda comment poursuivre cette conversation insolite, lorsque Sinead les rejoignit.

- Ah, Katie ! Je vois que vous avez rencontré Edgar ! Vous devez avoir beaucoup de choses à vous dire, car…

Mais elle s'interrompit brusquement, car un coup de gong impérieux retentit au rez-de-chaussée, qui les précipita vers la salle à manger comme un seul homme.

Il n'était même pas envisageable de tenir une conversation privée lors du dîner présidé par Mairéen, aussi Edgar se contenta-t-il de répondre à un feu roulant de questions sur sa vie à Paris puis en Bretagne. La vieille femme s'abstint cependant de demandes trop personnelles, et Edgar devina que la présence de Katie y était pour beaucoup. Tout en la bénissant intérieurement, Edgar eut l'impression de plutôt bien se sortir de cet examen de passage, d'autant que Sinead intervenait de temps à autre pour lui faciliter la tâche.

- Vous restez avec moi ce soir, nous pourrons discuter davantage, trancha la vieille femme au dessert.
- Ce sera pour demain, mère, car ce soir le père O'Leary a exprimé le désir de rencontrer Edgar pour lui parler de Dorothy, intervint Sinead, travestissant quelque peu la vérité.

Edgar suspecta avec raison que les désirs de l'Eglise exerçaient une préséance absolue, même sur les exigences de la châtelaine de Goddard Park, et il eut la satisfaction de la voir s'incliner de mauvaise grâce.

S'étant changé de nouveau, il occupa bientôt un siège confortable à l'arrière de la vaste Bentley familiale en compagnie de Katie tandis que Blackie tenait le volant à côté de Sinead.

- Ce cher James nous accompagne, car il rencontre les jeunes qu'il a entraînés au club de rugby local et conseille encore, expliqua Sinead, quant à moi, je vous prie de m'excuser de m'installer à l'avant Edgar, je suis facilement malade en voiture.

Edgar coula un regard en coin à la passagère d'à-côté, muette et pâle, et se demanda si elle avait voulu venir elle aussi ou si elle obéissait à un caprice de Sinead.

Ils traversèrent bientôt une vaste salle paroissiale où une petite scène de théâtre occupait un bout. Les chaises avaient été aménagées en rond autour de petite tables pliantes pour un loto, et les occupants de la voiture se rendirent dans la chapelle adjacente où le père O'Leary, grand homme maigre et grisonnant, les accueillit très aimablement.

- Je dois vous avertir, Edgar, c'est une messe en souvenir d'une jeune fille locale morte récemment, lui glissa Sinead. Une grande perte pour notre petite communauté.
- Un accident ?

Sinead baissa la voix avec un regard significatif à la jeune fille qui s'était un peu éloignée d'eux.

- C'était Erin Finley, la meilleure amie de Katie. Elle excellait à la harpe celtique, et préparait le Conservatoire à Dublin.
- Et que s'est-il passé ? répéta Edgar.
- Elle… enfin, elle fréquentait un groupe de jeunes peu recommandables. On l'a retrouvée poignardée dans les bois.
- Un trafic de drogue ?
- Oh, non ! Non, c'était… heu…
- Il s'agissait de jeunes adeptes d'ésotérisme, fit le père O'Leary qui les avait rejoints en baissant aussi la voix. Tant qu'ils allumaient des feux en dansant autour pour soi-disant entrer en communion avec la nature, on les croyait inoffensifs. L'un d'entre eux – le meneur, apparemment - était féru des rites des anciennes célébrations celtes préchrétiennes, et a dû entendre parler de sacrifices humains ou je ne sais quoi… d'où cette tragédie. On a retrouvé le corps d'Erin le lendemain. Bien sûr, le groupe a été dissout depuis lors.
- Mon Dieu, c'est horrible, fit Edgar avec un frisson.

Le prêtre inclina la tête, l'air grave. Son visage avait la sévérité de la pierre.

- Cela a été un choc pour moi, car je les connaissais tous depuis l'enfance. Mon éducation au respect de l'autre a été un échec… Katie en faisait aussi vaguement partie, et cela a été un traumatisme terrible pour elle. C'est une jeune fille qui vient d'une famille de fermiers des environs, mais qui a des dispositions artistiques et n'a pas grand-chose de commun avec eux. J'ai bien peur qu'elle ne s'entende pas très bien avec sa grand-mère, qui s'occupe d'elle.

- Ses parents sont morts ? demanda Edgar.
- Non, mais son père voyage beaucoup, et sa mère… enfin, sa mère est partie des environs voilà bien longtemps maintenant. Je suis content que vous lui ayez fait changer de cadre pour quelque temps, Sinead. La pauvre commence tout juste à se remettre. Cela a fait grand bruit ici, comme vous vous en doutez, et les habitants du coin blâment Katie en disant que c'est elle qui a initié Erin à ces rites sataniques…
- A-t-on arrêté le coupable ? Ce fameux meneur ?
- Brendan ? Oui, c'était le camarade de classe de harpe d'Erin, il a été arrêté et a été vite convaincu du meurtre de la pauvre jeune fille. On a retrouvé le poignard chez lui, taché de sang. Il se trouve en prison et je l'ai visité plusieurs fois, mais il n'ouvre pas la bouche en ma présence et s'est totalement renfermé sur lui-même. Cela rend les choses d'autant plus affreuses pour Katie.
- Pourquoi donc ?
- Brendan était le petit ami de Katie. Vous imaginez ce qu'elle peut ressentir… d'autant qu'elle doit se dire qu'elle aurait pu être tuée à la place de la pauvre Erin.
- La pauvre, fit Edgar, apitoyé.

A cet instant, un jeune homme pénétra dans la chapelle. Après avoir regardé autour de lui, les yeux exorbités de rage, il apostropha soudain avec véhémence Katie qui regardait une statue d'un air vague.

- TOI !! comment oses-tu venir ici ?

Chapitre 2 – Algarade

- Shaun ! Du calme ! s'écria le père O'Leary.

Mais le grand jeune homme brun écumait de rage et n'écouta pas le prêtre. En deux enjambées, il rejoignit Katie qu'il gifla violement, la projetant à terre sous le choc. Edgar s'élança pour le retenir, mais ce fut James Blacklock, plus rapide, qui le plaqua au sol dallé de la chapelle et l'immobilisa.

Toute l'assistance resta pétrifiée, tandis qu'Edgar aidait Katie à se remettre debout.

- Venez, ne restez pas ici. Blacklock l'a maîtrisé, et va le calmer.

Titubante, la jeune adolescente suivit Edgar dans la salle paroissiale voisine où celui-ci lui servit un verre d'eau.

- Comment vous sentez-vous ? demanda-t-il avec sollicitude.
- Ça va, dit-elle en buvant à petites gorgées.
- Qui est-il, ce type ?
- C'est Shaun, le fiancé d'Erin, dit-elle d'une voix sans timbre. Il m'en veut à mort… c'est moi qui avais amené Erin à une de nos réunions, un soir. Il pense que c'est de ma faute si elle a été tuée. Mais jamais de la vie je n'aurais pu prévoir la fin horrible d'Erin.

A cet instant, la silhouette massive du majordome de Goddard Park s'encadra dans la porte.

- Madame Kerry demande que je vous ramène tout de suite au château, mademoiselle. Vous sentez-vous mieux ?
- Oui, merci.

Elle se leva – son visage s'ornait de deux grandes zébrures écarlates – et suivit son chauffeur, ce qui ne laissa d'autre choix à Edgar que de revenir dans la chapelle où l'agitation semblait s'être calmée. Le jeune homme qui avait agressé Katie s'était assis au premier rang à côté d'un couple d'un certain âge qu'Edgar devina être les parents d'Erin.

Il chercha un instant Sinead des yeux avant de la repérer assise un peu plus loin dans l'assemblée, et la rejoignit.

- Blacklock ramène Katie, lui glissa-t-il à l'oreille avant de s'asseoir.

Elle le remercia d'un sourire.

A cet instant, Edgar vit la grande photographie de la jeune Erin qui trônait sur l'autel, et son cœur se serra. Katie était très jolie dans son registre d'elfe diaphane, mais Erin… avec ses longs cheveux d'un roux vif aux boucles soyeuses, ses yeux verts émeraude et sa peau constellée de taches de rousseur, Erin irradiait la vie. Elle posait fièrement à côté d'une magnifique harpe celtique et semblait nager dans le bonheur.

Après le service, Edgar remarqua que le jeune homme laissait les parents de sa dulcinée parler avec le père O'Leary et s'était précipité dehors. Il prit avec lui deux canettes de bière à l'office de la salle paroissiale et le suivit instinctivement. Debout et immobile à quelque distance de la porte, il vit que le jeune homme fumait une cigarette en regardant la lune briller.

- Bonsoir, dit-il.
- 'soir, fit l'autre d'un ton bourru.

Shaun allait tourner les talons et s'en aller lorsqu'il s'arrêta net en regardant mieux Edgar.

- Hé, je vous connais…
- Cela m'étonnerait, répondit placidement le libraire.
- Si, on m'a montré votre photo… Fergal, à sa dernière visite ! Vous êtes son père, c'est ça ? Celui qui vit en France ?
- Oui, c'est cela.
- Vous n'êtes pas du coin, alors ?
- Non, je viens d'arriver à Goddard Park.
- Je croyais que c'était encore une de ces soi-disant bonnes âmes qui venait me faire la morale… qu'est-ce que vous pensez de tout cela ?

- De ce crime affreux ?
- Et de tout ce qu'il y a autour, ces rites à la noix ?
- J'en entends seulement parler, répondit placidement Edgar.

Shaun lança sa cigarette à moitié consumée qu'il écrasa du pied, prit la canette qu'Edgar lui tendait et avisa un tronc d'arbre abattu où il lui fit signe de s'asseoir à côté de lui.

- Eh bien, laissez-moi vous renseigner. Tout le monde ici prend des mines choquées, mais j'ai des raisons de tordre le cou à cette petite mijaurée.
- Pourquoi ? demanda Edgar.
- C'est elle qui a embrigadé Erin là-dedans, fulmina-t-il. Elle avait retrouvé cette Katie parce que Brendan faisait partie de la même classe de harpe, et c'était sa copine d'enfance. Au début, je craignais qu'elle se retrouve dans des orgies de débauchés ; alors, j'y suis allé avec elle, et Dieu tout puissant, quel monceau d'âneries ! Des discours sur les forces de la nature et des danses stupides en robe blanche avec des guirlandes de fleurs, et d'autres niaiseries sur les auras des êtres vivants et les énergies lubriques …
- Telluriques, corrigea calmement Edgar.
- Ouais, c'est ça. Enfin j'aurais dû me douter de quelque chose de pas net. Brendan voulait se donner l'air d'un gourou au milieu de ces jojos… mais il ne m'a jamais inspiré confiance, celui-là. Je connais ce zigoto depuis qu'il est petit. Une vraie mauviette. Pourtant, j'aurais juré qu'il était inoffensif, avec sa poésie et sa harpe. Il n'y avait que la musique d'Erin qui a été un bon moment. Elle, tant qu'elle pouvait jouer, même au clair de lune, toute cette stupidité lui était bien égal. C'était la meilleure de sa classe de musique, et comme elle embêtait parfois les voisins chez ses parents avec ses répétitions, je me disais que c'était sans doute la

seule raison pour qu'elle vienne au milieu des bois avec ces gugusses qui la regardaient d'un air béat…

- Que s'est-il passé, à votre avis ?

Shaun eut un geste d'ignorance.

- N'importe lequel de ces tarés a pu faire le coup…
- Mais Brendan n'a-t-il pas avoué ?
- Quand bien même, qui lui a mis dans la tête l'idée de le faire ? Ils sont tous coupables à mes yeux. Katie est autant à blâmer que lui, comme Ryan, comme Kelly… ils se sont monté leur délire tous ensemble. Lorsque j'ai vu Katie ce soir revenir de nulle part et avoir le culot de se balader dans un service de commémoration pour Erin, j'ai vu rouge. Si la pauvre n'avait pas écouté ces bêtises, elle serait encore en vie. On devait se marier l'été prochain.
- Elle est venue avec nous de Goddard Park pour se remettre du choc, vous savez, je crois qu'elle a été très affectée par la mort d'Erin. Je peux comprendre votre réaction envers elle, bien sûr, fit Edgar avec douceur, mais cela ne ramènera pas votre fiancée.
- Ouais…
- Ne pensez-vous pas qu'Erin elle-même voudrait que vous tourniez la page ? Le temps vous y aidera, Shaun. Je sais ce dont je parle. J'ai bien cru ne pas me relever de la mort de ma femme il y a plusieurs années, et pourtant, vous voyez, je suis toujours là. La douleur n'est plus la même, c'est tout. Vous avez des parents à qui vous confier, ou des frères et sœurs qui pourraient vous soutenir ?

Après quelques instants de silence, Shaun se leva. Il semblait s'être rasséréné.

- Je suis fils unique, et orphelin depuis trois ans, quand mes parents sont morts dans un accident de voiture. C'était Erin qui m'avait aidé à traverser ce deuil… mais quoi que je puisse faire maintenant, cela ne la ramènera pas. Vous avez raison. Cela m'a fait du bien de vous parler, monsieur Spencer, vous qui avez aussi vécu cette épreuve. Il est temps que je commence à me reconstruire, même si cela prendra du temps... c'est ce qu'Erin aurait voulu, vous avez raison.

Sur un ton différent, il ajouta.

- Donnez mon bonjour à Fergal quand vous le verrez. On est de vieux potes de rugby, et on boit toujours ensemble au pub quand il vient à Goddard Park.
- Sans faute, promit Edgar.
- Il faut que je refasse ma vie maintenant… sans Erin. Ce sera dur, mais j'espère y parvenir.

Après quelques minutes, rêveur, il rentra à son tour dans la salle paroissiale où le loto battait son plein.

- Vous ne jouez pas, monsieur Spencer ?

C'était le père O'Leary qui l'accostait aimablement.

- Non, mon père. J'ai eu assez d'émotions comme ça pour ce soir. Mais pardonnez-moi, n'est-ce pas un peu indécent de faire un loto juste après…

Edgar s'interrompit, gêné, mais le père O'Leary poursuivit à sa place.

- Le loto est aussi en son honneur, figurez-vous. Erin faisait souvent des concerts gratuits avec sa harpe pour lever des fonds pour la paroisse… et nous avons voulu continuer de la commémorer par une initiative caritative, même si cela ne pouvait être un concert car personne ici ne sait jouer d'instrument à part elle.
- Vous avez dit que vous les connaissiez tous ? s'enquit Edgar. Tous ces jeunes qui participaient à ces rites païens ?
- Oh oui… Brendan était un brave garçon jusqu'à ce qu'il trouve le livre de recettes de potions et d'enchantements de son oncle mort il y a deux ans… celui-ci se prétendait guérisseur ou druide, je ne sais plus, mais c'était un farfelu sans intention méchante.

Le pauvre garçon s'est convaincu qu'il devait reprendre le flambeau familial. C'était une manière de se mettre en avant auprès des autres jeunes, sans doute. Il a dû finir par croire dur comme fer à toutes ces bêtises… je le plains. C'est lui qui a été reconnu coupable de cette horreur, et il se trouve maintenant incarcéré près de Dublin.

- Et les autres ? Shaun a parlé d'autres noms…

Le père O'Leary s'empara du bras d'Edgar et l'entraîna ver les murs où des photos étaient exposées, jusqu'à s'arrêter devant un groupe de scouts, où il pointa successivement Katie, Shaun et Erin avec quelques années de moins mais facilement reconnaissables, une jeune adolescente blonde au regard maussade et un jeune boutonneux à la chevelure flamboyante comme Erin.

- Katie, bien sûr, elle a été élevée par sa grand-mère… sa mère est partie avec un autre homme lorsqu'elle était très jeune, et son père venait rarement la voir – il est militaire et toujours en déplacement. Quant à Kelly et Ryan, que vous voyez ici, ce sont des jeunes végétariens ensemble depuis un an, et pour eux c'était l'attrait de la communion avec la nature qui les a séduits, sans doute. Sans compter que Kelly Donovan est aussi la jeune sœur de Brendan Donovan. Celle-ci n'a d'ailleurs pas vu la participation d'Erin d'un bon œil… Ryan n'avait d'yeux que pour elle, même si celle-ci s'en moquait bien. Elle avait sa voie toute tracée au Conservatoire, vous savez. Ensuite, Erin prévoyait de revenir ici et aider Shaun lorsqu'ils seraient mariés – ils voulaient monter un élevage de chevaux… quant à Shaun lui-même, celui-ci m'inquiète, il a toujours été de tempérament fougueux et en veut à mort à toute la bande. Il peut faire une bêtise monumentale. Kelly est partie en avance à Cork où elle entre à l'université à l'automne prochain, elle et Ryan ont rompu après cette histoire affreuse, Ryan est semble-t-il parti dans une communauté en Angleterre. Quant à Katie, nous l'avons écartée du chemin de Shaun jusqu'à ce qu'il termine son deuil et retrouve un peu de sérénité.

- Et Brendan ? Apparaît-il également sur la photo ?

Le prêtre poussa un gros soupir, et désigna le chef de l'équipe scout, un grand adolescent efflanqué aux mêmes cheveux blonds que sa sœur, plus grand et beaucoup plus mince que Shaun. Il s'absorba tristement quelques instants dans la contemplation de la photo puis demanda, pratique.

- Vous avez pu le calmer ?
- Temporairement, j'en ai peur.
- Je pense qu'il s'en veut d'avoir laissé Erin seule pendant plusieurs réunions dans ce groupe. Dieu sait que la mort d'Erin était une tragédie insensée… mais Shaun réagit avec une violence qui me fait craindre le pire. C'est pour cela que j'ai pris sur moi de demander à Sinead Kerry d'héberger Katie au château pour l'instant, pour la protéger jusqu'à ce que la colère de Shaun retombe.

Tout à coup, le prêtre sourit.

- Et au fait, comment se passe votre arrivée à Goddard Park ? Vous a-t-on fait bon accueil ?
- Je vois que Dorothy vous avait parlé de mon ostracisme du clan des O'Shaughnessy, fit Edgar en souriant à son tour.
- Oh, même si elle ne l'avait pas fait, je l'aurais su. Tout se sait dans cette petite communauté.
- Vous me rappelez mon petit village côtier de Bretagne, pouffa Edgar.
- Peut-être, mais je pense qu'ils n'ont pas eu de meurtres à gérer depuis longtemps, au contraire de nous.

Edgar faillit le détromper avant d'y renoncer pour préserver la réputation de sa terre d'adoption.

- Où est-ce situé ? demanda le père O'Leary, toujours aussi affable.
- Vous connaissez Quiberon, sur la côte ? Eh bien, cela ne se situe pas très loin, le village s'appelle Kerdavallec.
- Vous fréquentez la paroisse, là-bas ? s'intéressa le père O'Leary.
- Non, mais la vieille chapelle du village possède des vitraux splendides et très anciens, et le curé est un vieil homme charmant. Vous vous entendriez à merveille, il s'appelle… heu… je crois que c'est le père Gildas. Oui, c'est cela.
- Le problème, c'est que je ne parle pas un mot de français.
- En tout cas, vous êtes le bienvenu quand vous voulez, mon père, et je vous ferai visiter les environs. Cependant, je ne peux pas vous promettre des vacances dépaysantes en Bretagne, car vous croirez ne pas avoir quitté l'Irlande !

A cet instant, le prêtre aperçut Sinead qui déballait des plats qu'elle avait dû aller chercher dans le coffre de la Bentley avant le service religieux. Poussant un soupir presque inaudible, le père O'Leary murmura à Edgar.

- Excusez-moi, votre belle-sœur est un pilier remarquable de la communauté, mais j'essaye d'éviter qu'elle ne cuisine pour nous.
- Je vous laisse en mission de sauvetage de vos ouailles, mon père, sourit Edgar.

Edgar avait eu vent par Dorothy des épouvantables concoctions culinaires de sa sœur, qu'elle lui avait décrites avec la fascination mêlée de répulsion qu'exerce le talent pour transformer des ingrédients parfaitement savoureux en brouet infâme.

A cet instant il entendit le bruit de la Bentley qui revenait de Goddard Park et se garait, et peu de temps après James Blacklock pénétrait dans la pièce.

- Comment va Katie ? lui demanda discrètement Edgar.

Le majordome retourna plusieurs fois sa main dans un geste éloquent.

- Couci-couça. Au fait, monsieur Spencer…
- Oui ?
- Vous êtes au courant de la réunion de famille de demain après-midi ?
- Moi ? non, pas du tout. De quoi s'agit-il ?
- Madame O'Shaughnessy a invité plusieurs membres de la famille pour vous rencontrer au cours d'une tea-party à partir de quatre heures…

Consterné, Edgar songea qu'il devrait avaler au plus vite un des plats de Sinead, ce qui lui donnerait le prétexte bien commode d'une intoxication alimentaire carabinée pour le lendemain.

Chapitre 3 – Tea-party et meurtre

Le grand salon d'apparat bruissait de monde en tenue faussement décontractée – du casual chic de marque qui devait coûter plus cher qu'un costume trois-pièces londonien, estima Edgar. La grande majorité des assistants lui était totalement inconnue, ce qui contredisait la dénomination pompeuse de « retrouvailles » que lui avait décrite Mairéen. Heureusement, Sinead avait pris la liberté d'inviter quelques personnes présentes à la réunion paroissiale de la veille, avec lesquelles Edgar avait pu évoquer le souvenir et les anecdotes de jeunesse de sa femme disparue, ce qui lui avait fait se sentir moins seul.

Fergal et Tara venaient d'arriver, et avaient paru soulagés de le voir plutôt à l'aise. Il bavardait agréablement avec eux lorsque son fils le poussa du coude.

- C'est toujours la fille qu'ils hébergent, là-bas ?

Edgar se tourna et vit Katie immobile, plantée comme un oiseau méditatif devant le buffet de sucreries et autres biscuits décorés de sucre glace. Elle n'avait presque plus trace du coup de la veille à part un reste de traînée rouge sur la joue.

- Oui, c'est elle. Vous êtes au courant ?
- Blackie m'en a finalement parlé lorsque nous sommes arrivés. Une espèce de messe noire où une de ses copines s'est fait buter, c'est ça ?
- Oui, c'est à peu près cela. Hier soir, le fiancé de cette pauvre fille a failli lui faire passer un mauvais quart d'heure. Tu le connais, c'est Shaun Kilkenny.
- C'était sa fiancée, la victime ? Je n'étais pas au courant, s'exclama Fergal. Pauvre Shaun. Il m'avait bien dit qu'il espérait se marier bientôt. Un pilier remarquable au rugby, et un adversaire redoutable lorsqu'il sort son arme secrète.
- Une arme secrète ?

- Il est gaucher, pouffa Fergal. Cela lui permet de faire des passes incroyables, et toujours du côté où on s'y attend le moins.

Il plissa les yeux et ajouta.

- En tout cas, cette fille ressemble à un fantôme sorti de l'ombre… pas étonnant qu'elle se soit retrouvée dans ce genre de micmac. Elle t'a montré ses toiles ?
- Ses toiles ? répéta Edgar, surpris.
- Oui, sa copine jouait d'un instrument tandis qu'elle peint des paysages. Je te répète ce que Blackie m'a dit tout à l'heure.
- Katie ! appela Edgar en lui faisant signe.

Celle-ci les rejoignit, l'air intrigué.

- Mon fils me dit que vous êtes artiste peintre ?

Une faible rougeur colora les joues de Katie.

- Oui, c'est vrai. J'aurais dû partir à l'académie des Beaux-Arts de Dublin en compagnie d'Erin et partager un appartement là-bas avec elle, reconnut-elle. La rentrée est dans deux mois.
- Vous n'y allez plus ? demanda Tara.
- Il faudrait que je retrouve un appartement, et maintenant sans Erin, cela me semble difficile car un endroit pour y loger seule ne rentre pas dans mes moyens. J'essaye de voir si je peux trouver une chambre pas trop chère sur le campus.
- Pouvez-vous nous montrer vos toiles ? demanda Edgar, mû par une inspiration soudaine.

Elle les regarda d'un air dubitatif.

- Si vous voulez, mais ce ne sont que quelques aquarelles et paysages, rien de bien extraordinaire. Je n'ai pas encore toute la technique nécessaire.

Comme ses interlocuteurs attendaient sans mot dire, elle sembla accepter tout à coup.

- Très bien, suivez-moi.

Elle sortit par une porte-fenêtre et gagna bientôt un petit abri de jardin. Tara relevait nerveusement le bas de sa belle robe de cocktail bleu clair, mais cette précaution s'avéra inutile, l'allée de gravier et l'intérieur de l'abri étant d'une propreté immaculée. Tout un ensemble de toiles était stocké dans un coin, certaines dans des housses de protection, avec du matériel de peinture et des toiles vierges entassés pêle-mêle tout à côté. Katie sortit une aquarelle et deux toiles pour les tendre à Edgar, qui en resta le souffle coupé. L'aquarelle représentait un bord de mer orné d'un mégalithe, et les toiles l'une une vue de forêt avec une épée enchâssée dans un rocher, et l'autre une vue de Goddard Park inondé par le soleil couchant. Même si les thèmes restaient convenus, l'ensemble montrait au contraire des dénégations de Katie une parfaite maîtrise, un réel talent ainsi qu'une ambiance mystérieuse indéfinissable. Un guerrier celte aurait pu surgir sans jurer sur chacune des œuvres.

- C'est magnifique, s'exclama Edgar en poussant un sifflement d'admiration – et il était sincère. Vous avez vraiment capturé l'âme de l'Irlande.

Katie s'empourpra.

- Erin me disait la même chose, marmonna-t-elle, gênée.
- C'est vraiment très beau, admira Tara avec un signe de tête approbateur. La palette de couleurs est excellente. Vous avez pensé à les vendre ?
- Oh non, non…
- Vous y êtes trop attachée ?
- Pas du tout, mais je me demande bien où je pourrais le faire… personne ne voudra de moi dans une galerie, par ici.
- Je possède une toute petite galerie dans mon village de Bretagne, et prévoyais une exposition en automne, intervint Edgar. Je serais ravi de vous y exposer. Il y a un logement social au-dessus, on pourrait l'obtenir pour vous par la mairie, je suis sûr que le conseil municipal ne ferait pas de difficulté

- En Bretagne ?

Le ton de la voix de Katie trahissait la même réticence que si Edgar lui proposait d'exposer au fin fond de la Sibérie et de s'y rendre à dos de mule.

- Oh non, c'est impossible. Je n'aurais même pas les moyens de payer le voyage, de toute façon, et ne parle pas un mot de français, dit-elle d'un ton définitif.
- Ce serait pourtant une belle opportunité pour vous, insista Edgar. Je suis sûr que vous vendriez assez de toiles pour financer votre logement à Dublin, peut-être même une partie de vos études. Et je suis d'accord pour vous acheter séance tenante l'une d'elle pour vous payer le voyage.
- Non, cela m'est impossible, répliqua-t-elle, butée.

Fergal haussa les épaules et fit signe à son père de ne pas insister. Ils quittèrent l'abri de jardin et se dirigeaient vers la maison lorsqu'un cri de la jeune fille retentit, en même temps qu'un claquement sec. Fergal fut le premier à réagir.

- A terre ! s'écria-t-il. On nous tire dessus !

*****

Pendant ce temps, à Kerdavallec, Vicky se débattait avec l'ordinateur de la librairie pour tenter d'identifier un livre de mathématiques particulièrement sournois sur sa propre existence, en consultant une liste de livres scolaires reçue le matin même. Le tintement bien connu de la porte d'entrée lui fit lever la tête, mais il ne s'agissait que de Malo Kerven, le policier du village. Vicky lui fit un signe vague sans abandonner sa tâche en cours, elle savait qu'il était vain d'espérer lui vendre quoi que ce soit.

- Bonjour, Vicky, fit celui-ci d'un ton désinvolte. Je passais dans le coin pour te demander si tu avais des nouvelles d'Edgar.

- Je l'ai eu au téléphone hier, et tout a l'air de bien se passer pour lui en Irlande, dit-elle.
- Il revient bientôt ?
- Je ne serais pas surprise qu'il prolonge son séjour, vous savez, fit-elle gentiment. Il peut enfin prendre le temps de connaître son fils et la famille de sa femme. Et puis, nous avons tous beaucoup travaillé cet été, il a bien mérité de se reposer un peu, et de prendre du bon temps avec des gens tranquilles…

*****

En rampant, Edgar se rapprocha de Katie allongée à terre, sous laquelle une flaque rouge commençait à apparaître. Elle devait avoir perdu connaissance, car elle ne répondit pas à son appel. Après avoir ordonné à Tara, qui s'était accroupie en hâte derrière un buisson, de regagner la maison et d'avertir les secours, Fergal rampa de son côté à toute vitesse vers l'abri de jardin. Il reparut debout quelques secondes plus tard, tenant une grande plaque de métal devant lui, qu'il mit à terre devant Edgar et Katie.

- Vous pouvez vous lever, dit-il fiévreusement.
- Elle a perdu connaissance, fit Edgar en passant un bras de la jeune fille autour de ses épaules.
- Elle est en sang, remarqua Fergal avec une grimace. J'espère qu'elle n'est pas gravement touchée.

Tant bien que mal, traînant le corps de la jeune fille et leur protection de fortune devant eux, ils parvinrent à regagner la porte-fenêtre où un attroupement affolé s'était formé, non sans que deux impacts sonores sur la plaque leur apprirent que le tireur n'avait pas renoncé à les mitrailler.

Aussitôt entré, Edgar déposa le corps de Katie sur un des plus proches canapés non sans déclencher un cri aigu et strident chez sa belle-mère.

- Elle saigne ! Elle est morte !

Edgar avait pris sur lui de consulter le pouls de Katie, et la rassura d'un mot en s'écriant à la foule bouche bée qui se pressait autour d'eux :

- Ecartez-vous, voyons ! Il faut lui laisser de l'air !

Tara arriva en trombe sur ces entrefaites, une petite cuvette et des flacons à la main, qu'elle déposa en hâte sur une petite table, tandis que Fergal fermait la porte-fenêtre et en tirait les rideaux d'un geste sec.

- Blackie est parti pour trouver le tireur, haleta-t-elle. La police est prévenue, et arrive tout de suite.

Tara, dont la dextérité surprit Edgar, lava aussitôt la plaie qui rougissait le bras de Katie pour s'exclamer avec un soupir de soulagement.

- La balle a éraflé toute la surface du bras, mais c'est une blessure superficielle. Elle n'a rien de cassé, heureusement.
- Qui a voulu lui tirer dessus ainsi, et sur nous par la même occasion ? s'écria Fergal.

En quelques secondes, Edgar se rappela que Sinead avait emmené Katie à Goddard Park pour la protéger, que Shaun s'était calmé bien vite après sa tentative pour le raisonner – bizarrement, après qu'il eût appris où Katie était hébergée - et les paroles du père O'Leary sur le tempérament violent de Shaun lui revinrent en mémoire…

- J'ai bien peur qu'il n'y ait pas beaucoup de mystère là-dedans, asséna-t-il d'un ton sinistre. Et ce qui est le plus lamentable, c'est que c'est moi qui ai indiqué par pure stupidité au tireur où trouver sa victime…

Considérant Katie toujours inerte, et Sinead qui lui tapotait la tête, il ajouta avec remords.

- Je crains qu'il n'y ait plus à hésiter, maintenant. Le temps que la police retrouve Shaun et prouve que c'est lui le tireur d'aujourd'hui, Katie doit venir s'expatrier quelques temps en Bretagne.

- Tu es sûr ? Elle n'avait pas l'air d'y tenir, remarqua Fergal.
- C'est cela, ou je crains qu'il n'y ait pas plus de candidature aux Beaux-Arts qu'au Conservatoire de Dublin à la rentrée prochaine… Je vais parler à Sinead pour qu'elle essaye de la convaincre. Il faut que Katie comprenne que tant que Shaun n'est pas sous les verrous, elle court un danger de mort. Il va tout faire pour la poursuivre afin d'assouvir sa vengeance.

Il ajouta, amer.

- Je croyais avoir calmé les choses, mais n'ai fait que les empirer…

Chapitre 4 – Les retrouvailles

C'est par une belle journée ensoleillée de septembre que la voiture d'Edgar pénétra dans la grande rue de Kerdavallec, avec une Katie plutôt morose assise à ses côtés. Edgar la comprenait, car ne parlant pas un mot de français, il serait difficile pour elle de s'acclimater et de nouer des liens. Toutefois, il s'était montré ferme après que la police avait débarqué à Goddard Park pour reconnaître que Shaun s'était enfui de chez son oncle et sa tante le jour de l'attentat. On n'avait pas retrouvé le fusil avec lequel il chassait non plus, et on supposait donc qu'il s'en était servi, mais sans aucune certitude. En revanche, la police disposait des projectiles encastrés dans la plaque de métal que Fergal avait tenue à bout de bras, et ceux-ci correspondaient au modèle de fusil qui lui appartenait.

Sinead et Mairéen avaient toutes deux secondé avec force la proposition d'Edgar d'emmener Katie provisoirement hors de danger, pour des raisons différentes. Si Sinead s'inquiétait vraiment de la sécurité de l'adolescente, Edgar soupçonnait Mairéen d'avoir voulu se débarrasser d'une invitée encombrante qui risquait de valoir une balle perdue à une autre personne et des dommages collatéraux à Goddard Park.

Faire fléchir la jeune fille n'avait pas été une mince affaire, mais lorsque Katie avait su que Shaun avait aussi rendu visite à sa grand-mère cette fatale journée pour lui poser des questions sur elle, avant sans doute de faire des cartons sur sa personne dans le jardin de Goddard Park, elle avait fini par s'incliner. Il était clair qu'il la poursuivrait sans relâche jusqu'à ce que la police l'appréhende.

Edgar avait pris sur lui d'arranger le bail pour deux mois à Kerdavallec dans le logement social situé au-dessus de la galerie, et la mairesse Madame de Chevillé n'avait fait aucune difficulté lorsqu'Edgar lui avait décrit les circonstances de la demande. De plus, elle était ravie que l'activité de la galerie d'art puisse continuer jusqu'aux vacances de la Toussaint.

Edgar continua à rouler dans le bourg de Kerdavallec et dépassa sa chère librairie – nul doute que Riri, Fifi, et Loulou ne soient déjà en place au coin café, aussi impatientes que Vicky pour l'entretenir sur son voyage en Irlande.

Les places de parking s'étant libérées depuis le flot des vacanciers d'été, il se gara devant la galerie d'art peinte en blanc aux vastes baies transparentes qui ne ressemblait plus que de loin à la triste échoppe de l'ancien coiffeur André Le Foll, décédé plus tôt dans l'année. Bénédicte de Chevillé l'attendait devant le bâtiment et lui fit un signe amical de la main.

- Edgar, mon cher !
- Bonjour, Bénédicte !

Une solide estime liait la mairesse de Kerdavallec et Edgar, depuis la tragédie qui les avait fait lier connaissance à son arrivée dans le village[2].

- Et voici donc Katie Holmes ?

En souriant, elle adressa quelques paroles de bienvenue en un anglais parfait à l'adolescente, laissant Edgar bouche bée. Elle aurait pu donner des leçons d'accent chic à Mairéen O'Shaughnessy de Goddard Park.

- Mais je n'ai jamais su que vous parliez aussi bien ma langue, Bénédicte !
- L'occasion ne s'en est jamais présentée, répliqua-t-elle sur un ton léger, mais j'ai fait des études dans un pensionnat anglais, jadis. Allons, venez, que je vous fasse visiter.

L'appartement clair et lumineux, refait à neuf mais meublé sommairement plut à l'adolescente, Edgar le constata tout de suite. Elle avait de plus l'air soulagée d'avoir trouvé une autre personne qu'Edgar qui puisse la comprendre. Après avoir déchargé ses affaires, puis lui avoir donné rendez-vous pour

[2] L'affaire Le Guirrec, même collection

dîner ensemble à la pizzeria de Matteo et France De Luca, qui s'étaient mariés au cours de l'été, Edgar et Bénédicte prirent congé de la jeune fille à qui cette dernière avait donné son trousseau de clés.

- Alors, Bénédicte ? Qu'en pensez-vous ? demanda Edgar une fois dans la rue.
- J'espère qu'elle ne va pas attirer ce tireur fou jusque chez nous, dit-elle d'un air mi-figue, mi-raisin, mais vous aviez raison Edgar, c'était la meilleure chose à faire pour la mettre à l'abri, au moins temporairement.
- Là-dessus, vous pouvez être tranquille, Bénédicte. Même ma belle-famille irlandaise ne connaît pas mon adresse précise, et Fergal a promis de rester bouche cousue. De plus, les étrangers au village se repèrent plus facilement maintenant que les vacanciers sont sur le départ.

La mairesse hocha la tête.

- J'ai vu tout son matériel de peinture, ses toiles arrivent bientôt… l'appartement est suffisamment clair pour qu'elle y peigne sans sortir, on ne devrait pas non plus la voir se balader à droite et à gauche. Personne ne sait que vous l'avez ramenée avec vous ?
- Nous avons fait courir le bruit, Fergal et moi, qu'elle s'était rendue à Dublin pour y trouver un appartement pour sa rentrée à l'école des Beaux-Arts. J'espère que ce Shaun mordra à l'hameçon.
- Vous n'êtes pas beaucoup entré dans les détails de cette affaire… que s'est-il donc passé en Irlande ?

Edgar prit sur lui de lui raconter le pseudo cercle druidique aux cérémonies païennes qui avait provoqué le drame initial, et l'esprit de vengeance qui animait le fiancé de la victime.

- Vous dites qu'ils étaient plusieurs à faire partie de ce groupe ? Dans ce cas, pourquoi ce Shaun ne s'en prend-il pas également aux autres membres ?

- Il en veut particulièrement à Katie car c'est elle qui a introduit sa fiancée Erin dans ce groupe. Elle n'avait pas de mauvaises intentions, j'en suis sûr, c'était même sa meilleure amie.

Après quelques instants de silence, la mairesse reprit.

- Vous savez, si on parle de ces célébrations, ce sont des rites qui n'ont jamais vraiment disparu dans les pays des anciens Gaëls…
- Les qui ? demanda Edgar, surpris.
- Les Gaëls, nom sous lequel on désigne les tribus celtiques d'Irlande et d'Ecosse… mais les cérémonies néo-druidiques existent aussi en Bretagne, il y a d'ailleurs eu une résurgence depuis les années soixante… j'avais d'ailleurs demandé à Malo d'ouvrir l'œil il y a quelques années, car un groupe avait pris l'habitude de se réunir non loin d'ici. Ils se réunissaient dans un terrain perdu dans la campagne où deux ou trois mégalithes semblent plantés là au petit bonheur. Pour la plupart, il s'agissait d'un prétexte pour des activités sexuelles plus ou moins débridées, mais même le druide local ne voyait pas ces bacchanales d'un bon œil. Il a été on ne peut plus heureux lorsque ces éléments indésirables ont finalement été expulsés. Quant à lui, il se contente de cueillir du gui et des simples au clair de lune et se cantonne au rôle de faiseur de tisanes médicinales, plutôt bonnes d'ailleurs.
- Le druide ? Vous voulez dire qu'il y a un druide à Kerdavallec ? demanda Edgar, qui tombait des nues.
- Oui, je ne me rappelle plus son nom, mais allez donc voir le père Gildas, il pourra vous l'indiquer. C'est un de ses amis d'enfance.

*****

Edgar poussa la porte de sa librairie, passablement désorienté par les révélations de la mairesse, mais fut aussitôt réconforté par l'accueil chaleureux de Vicky et de ses trois vieilles amies Riri, Fifi et Loulou qui occupaient comme prévu le coin café de la librairie, en compagnie de Madame Guihéneuf la tenancière du bed and breakfast du village, Yann Poulpiquet l'artiste local, et Sophie Vaillant son aide-comptable, la petite-fille de Louise Maillant, la Loulou du trio. Tout le village ou presque avait tenu à venir prendre un café exprès à la librairie pour lui souhaiter un bon retour, ce qui le toucha. Plus que jamais, il sentait que c'était à Kerdavallec qu'était son véritable foyer. Vicky s'avança aussitôt, piercings et tatouages multiples frémissants d'excitation, pour accueillir son patron.

- Bonjour, boss ! Dylan est à l'hôpital mais vous envoie son bonjour.

Dylan, le mari ambulancier de son adjointe, lui avait plusieurs fois rendu de signalés services. Il lui sourit et salua à la cantonade :

- Bonjour tout le monde !

L'assemblée lui répondit en chœur et des questions fusèrent de toutes parts sur son séjour en Irlande, comment allait Fergal et moult autres détails, notamment sur sa belle-famille. Après avoir répondu aux sollicitations de tous, serré les mains à la ronde et avoir reçu plusieurs tapes amicales dans le dos, Edgar constata que plusieurs personnes prenaient congé et il se retrouva bientôt seul avec Vicky, Sophie et l'inévitable trio des canetons, dont il suspectait qu'elles ne seraient parties pour rien au monde avant d'avoir pu le soumettre à un feu roulant de questions. Il valait mieux en prendre son parti.

- On m'a dit que vous étiez revenu en compagnie, mon cher monsieur Spencer ? attaqua Loulou, dont la mine évoquait un chaton devant un bol de crème fleurette.

Edgar capitula tout de suite, et leur apprit la résidence temporaire de Katie à Kerdavallec, mais préféra lier son voyage au deuil de son amie Erin que sur le compte d'un tireur fou qui pouvait après tout finir par la débusquer à Kerdavallec, même si cela lui semblait extrêmement peu probable. Katie elle-même n'avait parlé de son voyage à personne, il s'en était assuré. Les trois vieilles dames s'apitoyèrent sur la pauvre jeune fille, et Vicky comme Sophie promirent de rafraîchir leur anglais scolaire en passant la voir.

- Et la galerie d'art, Sophie ? Comment vont nos affaires ?

Avec une satisfaction non dissimulée, l'aide comptable lui révéla un très bon chiffre d'affaires.

- Cependant, ajouta-t-elle, nous sommes un peu à court de nouvelles œuvres maintenant. J'ai sollicité d'autres artistes, mais soit ils sont déjà pris, soit ils pensent que la galerie n'est pas assez connue pour eux. Vicky s'est pourtant démenée sur les réseaux sociaux afin de faire de la pub.
- Katie intègre les Beaux-Arts de Dublin à la rentrée prochaine, et est d'accord pour exposer ses œuvres pour les deux mois où elle reste à Kerdavallec, lui apprit Edgar. J'espère que cela pourra maintenir l'activité. Et si ce n'est pas indiscret, comment s'est distinguée votre toute nouvelle crêperie cet été ? Vous avez fait le bilan, j'imagine ? A chaque fois que je passais devant, elle affichait complet.
- Elle a fait un super chiffre d'affaires, et cela devrait se poursuivre en partie pendant l'automne, mais bien sûr nous avons des craintes pour joindre les deux bouts entre la saison d'hiver jusqu'à l'été prochain.

La toute nouvelle épouse de Matteo De Luca, France Miron, avait en effet converti son ancienne épicerie antique en crêperie bretonne, que Sophie s'était ingéniée à rénover avec son fiancé Enzo, le fils cadet de Matteo. Nedelec, Tugdual et Mériadec Poulenc, les trois jeunes du village repartis en écoles d'ingénieur depuis, avaient servi d'extras à la crêperie pendant leur été de vacances chez leurs parents, sans oublier de donner un coup de main pour aider Vicky à monter un stand de livres éphémère sur la plage avec l'accord de la mairie, tout en réussissant à caser honorer leurs stages professionnels à droite et à gauche.

- Demain, peux-tu venir avec moi à la galerie d'art ? demanda Edgar à Sophie. Je voudrais réceptionner avec toi les toiles de Katie, que nous avons fait venir séparément, afin de voir si on peut vraiment en faire une expo. Il reste des cadres vides ?
- Plein, confirma Sophie.

Lorsqu'il fut seul avec Vicky, Edgar regarda les comptes de la librairie et se frotta les mains. Le pensionnat du manoir de Guéhennec, un peu plus loin, venait d'ajouter une belle commande de manuels scolaires et de livres pour garnir sa bibliothèque, ce qui contribuait à son chiffre d'affaires de rentrée. Fort heureusement, il pouvait toujours compter sur cette chère Madame Denicourt et son assistante Madame Lebeau à cette époque de l'année[3]. Lorsque la clochette tinta, il se retourna tout sourire pour découvrir Malo qui arborait une mine renfrognée au possible.

- Qu'est-ce que c'est que cette histoire, Edgar ? Vous nous ramenez une foldingue de votre séjour là-bas ?

---

[3] Voir l'affaire Marie-Morgane, dans la même collection

Chapitre 5 – L'accueil breton

Consterné, Edgar prit sur lui d'expliquer les choses et de bien préciser que Shaun étant réclamé par la police et ignorant où se trouvait Katie, n'allait pas débarquer demain lèvres écumantes à Kerdavallec. De plus, l'ex-petit ami détraqué de Katie, Brendan, étant incarcéré en Irlande n'était pas susceptible non plus de prendre des vacances en Bretagne de sitôt.

Mais Malo ronchonnait toujours et continuait à faire sa tête des mauvais jours tout en bougonnant. Edgar prit sur lui d'attaquer de front.

- C'est à cause de votre surveillance de ces célébrations druidiques non loin de Kerdavallec que cela vous contrarie tellement ?
- En partie, grogna-t-il.
- Mais rien ne s'y est passé de grave, n'est-ce pas ?
- Tout le monde savait que je serais en surveillance aux alentours, donc on se tenait à carreau, gronda-t-il. Mais je me passerais bien de ce genre de pièce rapportée ici, Edgar.
- J'avais demandé à madame de Chevillé de vous tenir au courant de la situation, mais soyons honnêtes, je ne pense pas une seule seconde que vous ayez à intervenir sur quoi que ce soit. Que voulez-vous donc qu'il puisse arriver en quelques semaines ?
- Je ne fais pas confiance à ces oiseaux-là, s'entêta Malo.

Edgar chercha à changer le sujet de la conversation.

- Je vous promets d'ouvrir l'œil si Katie se met à avoir un comportement étrange, ou si des étrangers à l'accent irlandais débarquent inopinément à Kerdavallec, dit-il. Elle m'a surtout l'air de vouloir oublier la mort de son amie et peindre tranquillement. En attendant, comment va Manon ?

Manon Lascaux était l'inspectrice de Vannes avec laquelle Malo Kerven entretenait une liaison suivie depuis quelques temps. Il eut la surprise de voir Malo éluder la question et se diriger vers la porte en grommelant un au revoir, décochant une dernière flèche du Parthe en direction du libraire.

- En tout cas, je vous aurai prévenu, Edgar. Vous allez vous attirer des ennuis.

Après sa sortie fracassante, Edgar cligna des yeux et se retourna vers ses trois vieilles amies.

- Mais que lui arrive-t-il ?

Ce fut Vicky qui haussa les épaules et répondit, l'air excédé.

- Malo et Manon ont rompu, une fois de plus.
- La dernière fois remonte à peu de temps avant votre arrivée ici, Edgar. Ils avaient aussi rompu une fois à l'adolescence, si je me rappelle bien, intervint Fifi, en secouant sa tête aux cheveux de neige. Aux résultats du baccalauréat, il me semble.
- Et une autre fois au moment de l'entrée à l'école de police de la petite Manon, renchérit Loulou en comptant sur ses doigts. A croire qu'ils cherchent à battre un record.
- Zut alors… le pauvre. J'aurais dû montrer davantage de tact, s'inquiéta Edgar.

A sa grande surprise, Vicky et les trois canetons haussèrent les épaules avec un bel ensemble simultané.

- C'en est presque fatigant. Vous vous inquiétez pour rien, Edgar, l'apaisa Rima Maurer, le Riri de la bande. Cela devient presque un jeu entre eux. Mais donnez-nous tous les détails sur cette affaire d'Irlande, petit cachottier ! Comment l'amie de cette jeune fille est-elle décédée ?

- Oui, s'agissant de ces cérémonies bizarres, Edgar… de quoi s'agissait-il ? De la sorcellerie ? questionna Fifi, sa voix douce pleine d'appréhension.

Edgar savait que cette chère Philomène Landébiac, assez superstitieuse, risquait de s'affoler, aussi répondit-il d'un ton apaisant.

- Un jeune idiot avait trouvé le livre de recettes de tisanes, potions et autres sortilèges de son oncle décédé, et voulait jouer au plus fin. Là-dessus, il ne s'est plus contenté de cueillir du gui ou des radis à la pleine lune, mais a fini par franchir le cap de la folie et poignarder une pauvre fille de son groupe dans une sorte de crime rituel. On l'a arrêté avec les preuves de sa culpabilité, aussi ne vous inquiétez pas. C'est de l'histoire ancienne.
- Mais pourquoi Malo a-t-il peur que des ennuis ne surviennent ici, à Kerdavallec ?
- Katie était l'ancienne petite amie de ce toqué, il craint peut-être qu'elle n'ait été contaminée… et le petit ami de la victime la tient pour responsable de cette tragédie. Mais Katie a été tellement secouée par la mort de cette Erin - qui était sa meilleure amie - que je la plains de tout mon cœur. Elles devaient partager un appartement ensemble à Dublin à la rentrée universitaire prochaine. La pauvre me fait penser à un oiseau qui s'est cogné contre une fenêtre et n'arrive pas à comprendre ce qui lui est arrivé. Espérons que son séjour à Kerdavallec va lui faire prendre de la distance avec cette affreuse histoire.

Les trois vieilles dames firent chorus, apitoyées.

- Il faut se méfier avec ces soi-disant guérisseurs et autres illuminés, déclara Riri d'un ton docte. J'espère que Katie n'aura pas eu de séquelles de son expérience. Il y a quelques années, un groupe se réunissait à la pleine lune autour d'un prétendu gourou, vous vous rappelez, Louise ?

Loulou opina vigoureusement de la tête.

- D'ailleurs, on m'a dit qu'un druide « officiel », si j'ose dire, réside à Kerdavallec… et qu'il était un des amis d'enfance du père Gildas ? questionna Edgar.

- Tout à fait exact, confirma Loulou. Je vous accorde que c'est un peu étrange, mais leur amitié a survécu à leurs vocations différentes. Cela étant dit, Yvon Le Goat n'a rien d'un illuminé. Il passe son temps à concocter des tisanes et des poudres d'herbes pour guérir toutes sortes de bobos, je le qualifierais plutôt de botaniste, ou de pharmacien qui a raté sa vocation. Allez donc le voir si vous souhaitez en savoir plus sur le druidisme, Edgar. Il habite de l'autre côté du village, non loin de l'ancienne maison des Bronnec, vous savez. C'était d'ailleurs un ami de Marie Bronnec lorsqu'elle vivait, ils s'y entendaient tous deux en plantes et en remèdes.

Connaissant ce qu'Edgar savait sur le compte de feue la mère Bronnec[4], cela n'était guère un motif de se sentir rassuré, mais il se promit d'aller faire un tour chez ce druide pour en savoir plus sur ce à quoi la jeune Katie avait pu être confrontée.

- Merci beaucoup, Mesdames. A présent, il faut que je me sauve, je vais emmener Katie faire quelques courses.

De fait, Edgar voulait surtout assister la jeune fille sur le déballage de la plupart de ses toiles, dont il n'avait eu qu'un bref aperçu au moment de leur expédition, et commencer à organiser leur disposition aux différents endroits de la galerie.

Au préalable, il emmena Katie - qui venait de défaire ses valises - à la galerie commerciale voisine, où elle put faire l'acquisition du nécessaire, puis l'aida à ranger ses courses et à s'installer dans le petit appartement. Celle-ci semblait

[4] Voir L'affaire Marie-Morgane, même collection

maintenant vraiment heureuse d'avoir quitté l'Irlande et parla avec animation des endroits qu'elle pourrait commencer à peindre et à croquer aux alentours de Kerdavallec, à son grand plaisir.

Sophie frappa à la porte et leur dit que les toiles de Katie venaient d'arriver, ils passèrent les deux heures suivantes à déballer et à stocker les différentes aquarelles et peintures qui, bien que relativement peu nombreuses, suffiraient amplement à remplir la petite galerie pour les deux mois suivants. Sophie avait saisi un cutter et s'attaquait à déballer une toile enrubannée de carton lorsqu'un cri rauque retentit.

- Pas celle-là !

Surpris, Edgar et Sophie se retournèrent d'un même mouvement vers Katie qui s'était métamorphosée en chien de garde et semblait prête à se jeter sur la toile.

- Qu'y a-t-il ? demanda Edgar, étonné tandis que Sophie s'était immobilisée, cutter en l'air et bouche ouverte.

Katie parut comprendre ce que sa réaction avait de disproportionné, car elle rougit légèrement et marmonna.

- Cette peinture-ci n'est pas à vendre… c'est personnel.

Les yeux d'Edgar firent la navette entre Katie et la toile à terre, puis il comprit.

- C'est un portrait d'Erin, n'est-ce pas ?

Katie eut une expression indéfinissable, puis soupira.

- Le seul portrait que j'aie jamais fait d'elle. Je ne me trouvais pas douée, et elle voulait me prouver le contraire, alors elle a posé pour moi, et maintenant je l'emmène toujours avec moi. C'est un peu comme si je n'étais plus seule, comme si elle était toujours à mes côtés.

Katie laissa les yeux.

- Cela doit être difficile à comprendre, j'imagine.
- Pas du tout, lui assurèrent Sophie et Edgar en même temps. Ce dernier ajouta.

- Vous savez, Katie, je ne me sépare jamais de la photo de ma femme Dorothy, et éprouve les mêmes sentiments que vous en la regardant. C'est un peu comme si elle était encore là.
- Vraiment ? J'aurais pensé que vous croiriez que je suis folle, à m'enticher de ce tableau à ce point, avoua-t-elle, un peu honteuse.
- Vous réagissez tout à fait normalement, lui répéta Edgar avec gentillesse.

Après un instant d'hésitation, Katie prit le cutter des mains de Sophie et sortit bientôt du carton une magnifique peinture à l'huile qu'elle posa devant eux. Edgar et Sophie ne purent retenir chacun une exclamation d'admiration. Erin était représentée les doigts sur une harpe celtique, avec sa longue chevelure rousse ondulée, et tournait légèrement la tête vers eux. Pour Edgar, qui l'avait vue en photographie, son portrait avait réussi à dépasser l'aspect figé du cliché pour donner l'illusion de la vie et du mouvement. Il pencha légèrement la tête et eut l'impression que le regard vert le suivait des yeux.

- C'est remarquable, apprécia-t-il avec sincérité. Je vais le porter dans l'appartement, Katie, et vous le mettrez où vous voulez.
- Merci, répondit-elle avec émotion et reconnaissance, yeux brillants.

Dans l'appartement, Edgar avisa aussitôt le bon endroit, une commode en pin bon marché au-dessus de laquelle l'espace était inoccupé. Malheureusement, Katie avait posé sa valise vide dessus. Edgar la referma, et la plaça sur la petite armoire de la pièce (bien que vide, elle n'était pas légère), puis arrangea le tableau sur la commode. En se reculant pour juger de l'effet, il eut de nouveau l'impression saisissante qu'Erin crevait la toile, et rendit hommage au talent de Katie.

Deux heures plus tard, les trois compères descendirent à la crêperie pour dîner. L'atmosphère fut particulièrement joyeuse, car les toiles maintenant exposées dans la galerie étaient du plus bel effet, et Sophie comme Edgar se montraient optimistes sur le succès de cette exposition éphémère. De son côté, Katie évoqua avec un entrain nouveau pour elle la grande plage où elle comptait se rendre le lendemain pour prendre des croquis.

Lorsqu'Edgar revint à la librairie, Vicky faisait descendre le rideau de fer sur le commerce et s'interrompit en le voyant.

- Ah, boss ! Vous avez oublié votre mobile ici, et il a sonné plusieurs fois. Je n'ai pas voulu répondre pour vous, mais vous aurez sans doute des messages et des gens à rappeler.
- Merci, Vicky. Rentre chez toi, je vais finir, et passe mon bonjour à Dylan.

Lorsqu'Edgar eut verrouillé son magasin, il constata effectivement que son mobile trônait au beau milieu du comptoir, laissé bien en évidence par la prévoyante Vicky. Pas moins de quatorze appels en absence et quatre messages y avaient été répertoriés. Inquiet, il fit aussitôt défiler le dernier, qui émanait de Fergal.

- Papa ? Bon sang, tu n'es toujours pas là ? Rappelle-moi, s'il te plaît ! Comme je te l'ai dit, Shaun a été interrogé par la police, mais ils n'ont pas pu prouver que c'était lui le tireur de Goddard Park, donc il a été laissé en liberté. Il est parti d'ici depuis hier, et a essayé de se renseigner d'abord sur ton compte auprès de moi. Je crois bien qu'il va débarquer en Bretagne.

Chapitre 6 – Conciliabule

- Katie est en danger, répéta Edgar.

Malo, charitable, ne remit pas sur le tapis ses avertissements de la veille. Cependant, il fit la moue.

- Et comment pensez-vous que ce jeune irlandais va vous débusquer dans ce village perdu ?
- Vous vous faites des idées, mon cher, l'apostropha Edgar, si vous vous imaginez que Kerdavallec se trouve retiré du monde et hors de portée. Si Shaun a compris que j'ai emmené Katie avec moi, il ne lui faudra pas beaucoup de temps. Kerdavallec est une petite station balnéaire bretonne plutôt connue, Bénédicte de Chevillé pourrait vous le certifier, elle qui a tant de mal à éloigner les promoteurs du coin. De plus, Shaun sait très bien que je tiens une librairie. Il suffit d'effectuer une recherche sur l'annuaire des dirigeants pour me trouver. Même mon nom avec la mention « librairie » lui donne mon adresse exacte à Kerdavallec sur Internet, j'ai vérifié.
- Je vois, reconnut Malo un peu ébranlé. Et vous êtes sûr de ses intentions ? Je veux dire, traverser la Manche pour venger une petite amie morte il y a des mois, c'est aller un peu loin, non ?
- Comment réagiriez-vous si Manon était retrouvée dans un terrain vague avec un poignard dans le cœur ? demanda calmement Edgar.

Malo sursauta, garda le silence un moment, et articula avec décision.

- Il faut qu'on le trouve avant qu'il n'atteigne Katie. Vous avez mis Riri, Fifi et Loulou sur le coup ?
- Elles, Madame Guihéneuf, Bénédicte de Chevillé… bref tous ceux auxquels j'ai pensé sur l'instant. Bleuzenn Poulpiquet et son père ouvriront l'œil

jusqu'à leur départ, ils partent en vacances la semaine prochaine et me laissent leurs clés pour que je passe m'occuper de leurs plantes. Ils sont aussi d'accord pour que je déménage Katie là-bas en cas de besoin.

- Je vois. Vous avez pensé à tout, Edgar, sauf au camping d'à-côté. Je connais le gérant, Corentin Le Plouhinec, et vais lui glisser un mot en lui donnant le signalement de Shaun. Pensez-vous qu'il faille aussi avertir Katie ?

Edgar hésita, mal à l'aise. Il avait tourné et retourné la question dans sa tête quasiment toute la nuit sans y trouver de réponse.

- Et vous, qu'en pensez-vous ? finit-il par demander.
- Inutile d'alerter la pauvre gosse pour l'instant, en tout cas tant que nous ne sommes pas sûrs des intentions meurtrières de ce type. Il voulait peut-être simplement l'effrayer, si c'est bien lui qui a tiré sur vous en Irlande.
- Et il prendrait des vacances en Bretagne juste après ? demanda Edgar, sceptique. D'autre part, lorsque j'ai rappelé Fergal hier soir, il a été très affirmatif sur la menace. Je le connais et il n'est pas du genre à s'affoler pour rien.
- Je reste persuadé que c'est une incohérence, s'entêta Malo. Passe encore pour effrayer les membres de ce groupement pseudo-ésotérique, mais pourquoi ne s'en prend-il pas également aux autres ? Katie était la meilleure amie d'Erin, d'après ce que vous dites. Il n'a rien à lui reprocher en particulier.
- Hier soir, j'ai appelé le père O'Leary, le prêtre de la paroisse locale, fit lentement Edgar. Il m'a dit que Shaun avait rendu visite à Brendan à la prison, le matin du jour où on a tiré sur nous à Goddard Park. Depuis, j'ai formé une hypothèse…
- Laquelle ?

- C'est Brendan qui a poignardé Erin, mais il se trouve en prison, donc hors de portée de la vengeance de Shaun. Supposez qu'il veuille s'en prendre à sa petite amie à son tour, pour lui rendre la monnaie de sa pièce…C
- Cela expliquerait pourquoi il dirige sa vengeance uniquement contre Katie, musa Malo, intéressé. Je vois…
- Je ne connais pas ce Brendan, et selon le père O'Leary qui a tenté de lui parler plusieurs fois depuis le crime, il ne desserre pas les dents. Mais supposez qu'il ait reconnu sa culpabilité devant Shaun ? Qu'il se soit vanté de ce meurtre devant lui ? Qu'il lui ait raconté les derniers instants de sa victime, en prenant un plaisir sadique à sa douleur ? Je croyais avoir calmé Shaun lorsque nous nous sommes rencontrés là-bas, mais cette visite au coupable a pu tout faire ressurgir avec violence… et du coup, dans la foulée il tire sur Katie à Goddard Park et la manque de peu, puis la suit en Bretagne pour faire payer Brendan à son tour.
- Cela se tient, réfléchit Malo. En fait, c'est même la seule hypothèse valable. Mais je croyais que ce Brendan et Katie avaient rompu après la tragédie ?
- C'est Katie qui a rompu avec lui, cela ne veut pas dire que Brendan n'ait plus de sentiments pour elle, lui rappela Edgar.

Malo hocha la tête, puis déclara.

- Vous savez, mon anglais n'est pas mauvais, je vais contacter la police irlandaise pour voir ce qu'ils peuvent nous apprendre sur tout cela.

Edgar frémit. Malo avait essayé une fois ou deux de lui parler anglais, et avec toute la diplomatie voulue, Edgar l'avait vite fait revenir au français.

- C'est une excellente idée, approuva-t-il. Voulez-vous que j'assiste à l'entretien pour vous traduire les mots techniques de l'enquête ?
- Bien sûr, Edgar, accepta le policier aussitôt sans qu'un soupçon ne l'effleure quant aux réelles motivations de son ami. On verra cela plus tard dans la journée. Vous allez ouvrir maintenant, je pense ?

A cet instant, Vicky poussa la porte de la librairie – Edgar avait appelé Malo tôt le matin, afin qu'il puisse venir à la fois avant son service et l'ouverture du commerce.

- Hello, boss ! claironna-t-elle avec entrain.

Puis elle s'arrêta net et les dévisagea tous deux.

- Que se passe-t-il ?
- Mais rien, répliqua Edgar, embarrassé.
- A d'autres ! Je vous connais, tous les deux. Dès qu'il y a quelque chose de grave, vous faites cette tête-là.

Edgar se souvint alors qu'il n'avait pas encore mis Vicky ni son mari Dylan dans la confidence, et se le reprocha car ils étaient plusieurs fois venus à son secours dans le passé. En quelques phrases, il la mit au courant et son assistante siffla d'étonnement.

- Il ressemble à quoi, ce Shaun ? demanda-t-elle, pragmatique.
- Un peu comme Dylan en carrure, en plus petit – le mari de Vicky mesurait près de deux mètres, ce qui se révélait un atout décisif dans son métier d'ambulancier – brun, avec des sourcils épais et des yeux bruns. Il avait une barbe de plusieurs jours quand je l'ai rencontré en Irlande. Attends…

Edgar pianota sur son ordinateur et poussa une exclamation satisfaite.

- Fergal n'a pas perdu de temps, je lui avais demandé de me transmettre une photo récente de Shaun… je vous la transfère à la mairie, Malo.

Edgar imprima le cliché, et Vicky comme Malo l'examinèrent soigneusement, puis secouèrent tous les deux la tête.

- Jamais vu à ce jour, confirma Vicky. Mais j'ouvre l'œil.
- Il est susceptible de reconnaitre les toiles de Katie, vous pensez ? demanda Malo.
- Je ne crois pas qu'il soit du genre artiste, tempéra Edgar. Tu peux tenir la boutique, Vicky ? Nous allons contacter la police irlandaise.
- Bien sûr.

Confortablement installés derrière l'ordinateur de Malo, dans son bureau à la mairie décoré de bateaux de pêche miniatures, Edgar et le policier téléphonèrent au poste de police local, qui leur apprit que le meurtre de la jeune Erin avait été transféré à la police de Dublin. Malo avait essayé d'utiliser son anglais sans beaucoup de succès, d'autant qu'alertés par ces sons incongrus, ses trois chiens jusque-là sagement allongés dans leurs paniers avaient jappé plusieurs fois d'étonnement.

Edgar était venu alors à son secours, et prit la direction des opérations concernant la police de Dublin. Il tomba fort heureusement sur une inspectrice sympathique à qui il expliqua le problème.

- C'est une affaire résolue en ce qui nous concerne, je peux vous passer certains des éléments de l'enquête, bien que le dossier ait été classé ici. De mon côté, je vais vérifier que Shaun Kilkenny a bien quitté l'Irlande et vous recontacterai pour le confirmer d'ici une heure. Que dit la police locale sur ces tirs à Goddard Park, monsieur Spencer ?
- L'enquête a tourné court, car on n'a pas pu prouver que l'arme appartenait bien à Shaun, expliqua Edgar. Il semblerait qu'il soit parti avec, ou qu'il s'en soit débarrassé.

- Mm. S'il a pris le ferry, il a pu emmener des armes avec lui, au moins un couteau de chasse. Il a un permis en règle pour son arme à feu, en tout cas. Je vais creuser la question. Tenez-moi au courant, voulez-vous ?

Moins de trente secondes plus tard, un e-mail apparaissait sur l'ordinateur de Malo.

- Voyons ça, dit-il pensivement.

Très vite, il dut avoir recours aux services d'Edgar qui lui expliqua.

- Voici le compte-rendu de l'enquête sur l'assassinat d'Erin Finley. Elle a été découverte dans un terrain qui servait de pâturage et où un feu de camp avait été allumé. Elle était allongée sur le dos, avec la blessure au cœur qui a provoqué sa mort, mains jointes et yeux fermés. On l'a donc poignardée par l'avant, ce qui voudrait dire qu'elle connaissait son agresseur, ou en tout cas ne s'en méfiait pas. La réunion avait eu lieu la veille au soir, mais Erin a déclaré à Katie et aux autres membres du groupe que Brendan lui avait demandé de rester un peu après la cérémonie pour l'aider à tout ranger et éteindre le feu. Ils s'habillaient de grandes robes blanches avec des fleurs et des couronnes de branchages dans les cheveux pour danser rituellement autour des flammes. Quelle ânerie, entre nous.
- Elle ne s'est pas méfiée de rester seule avec ce type ? demanda Malo.
- Apparemment, chacun restait à tour de rôle pour aider Brendan, expliqua Edgar. Cela a paru naturel à tout le monde, et lorsque leurs salamalecs ont pris fin, tout le monde a été content de partir car la nuit s'annonçait fraîche. Erin n'a pas dû avoir le temps de faire grand-chose en termes de rangement, car elle portait encore sa robe blanche et sa couronne lorsqu'elle a été tuée.

- Brendan a reconnu le crime tout de suite ?
- D'abord, il a nié avec véhémence. Selon lui, juste après la cérémonie, il s'était éloigné pour soulager un besoin naturel, il a entendu un cri horrible et perçant, est revenu en toute hâte et a découvert le corps. Il s'est ensuite enfui sans demander son reste, et n'a même pas vérifié qu'elle était bien morte. Mais quelque chose clochait dans son histoire, car il a dit que le feu brûlait et que le corps avait encore le poignard dans la poitrine et les bras en croix. Cependant, lorsque la police est arrivée sur les lieux le lendemain matin, après que le corps d'Erin a été découvert par le propriétaire du champ, le feu avait été soigneusement éteint, et le corps disposé mains jointes, yeux fermés, le poignard retiré de la blessure. Le meurtrier serait donc revenu ensuite pour tout arranger sur la scène de crime ? C'était invraisemblable. Par la suite, lorsqu'on a fouillé la maison des parents de Brendan, on a retrouvé la dague cachée dans une dépendance, avec les couronnes tressées et les autres robes que les membres du groupe avaient laissées sur place.
- Mais un des membres du groupe aurait pu poignarder Erin, et revenir faire ces rites macabres par la suite, surtout si Brendan s'était enfui sans demander son reste ?
- Oui, mais lorsqu'il a vu le poignard, Brendan a reconnu que son oncle le lui avait donné avec d'autres objets cabalistiques. Il a fini par craquer lors de l'interrogatoire et reconnaître qu'il avait tué Erin dans un accès de colère, car il lui avait fait des avances et elle l'avait repoussé après la cérémonie. Il a plaidé la folie passagère lors de son jugement.
- Cela a été retenu ?

- Cela cadrait mal avec la mise en scène sur le corps, dit lentement Edgar. Pour cette raison, les autres ont aussi été suspectés dans l'enquête. Ryan avait indubitablement le même mobile que Brendan, car Erin l'avait envoyé promener en public. Quant à Kelly, elle a été suspectée aussi car jalouse de la victime, elle a déclaré à la police – je cite – que celle-ci n'avait eu que ce qu'elle méritait. De plus, c'était la sœur de Brendan, donc elle aussi aurait pu dissimuler l'arme du crime à son domicile, la police l'a retenue comme suspecte mais Ryan a juré qu'ils ne s'étaient pas séparés après avoir quitté le groupe.
- Il a pu mentir, remarqua Malo.
- Mais pourquoi son frère se serait-il ainsi dénoncé pour le crime de sa sœur ? Et lorsque Katie a appris la mort d'Erin, elle a perdu connaissance. Il n'y a qu'elle seule pour avoir témoigné un vif chagrin – elle a même été suivie médicalement pour un début de dépression, et je sais par expérience qu'on ne simule pas cet état.
- Mais s'il y avait d'autre suspects dans l'enquête, comment être sûr que Brendan était bien le coupable ?
- Il a avoué, souvenez-vous. Et ses aveux contenaient des précisions que seul le meurtrier pouvait connaître : une branche de gui avait été disposée sur la poitrine, sous la robe, et un triskell dessiné avec de la cendre sur le front. Avec la rosée, il n'en restait plus que quelques traces vagues le lendemain matin. Il fallait l'avoir tracé pour savoir ce que c'était à l'origine, et les tests ont confirmé le dessin.
- Hm ! Je vois. Cela règle la question.

Malo posa distraitement la main sur la tête d'un de ses chiens venu mendier une caresse, puis ajouta.

- A partir de maintenant, je considère Kerdavallec en état de siège. Nous allons coincer ce zigoto.
- La santé mentale de tout un village contre la folie d'un seul être… je n'en suis pas si sûr, Malo.

Sans raison sans doute, Edgar se surprit à penser à Jack l'Eventreur.

Chapitre 7 – Merlin

Le lendemain tombait un mercredi, jour habituel de la séance de colportage hebdomadaire de ragots de Riri, Fifi et Loulou à la librairie. Le résultat s'en avéra des plus maigres. La perspective de repérage de l'étranger malveillant avait naturellement occulté toutes les affaires en cours. Cependant et à leur grande déception, aucun inconnu correspondant peu ou prou au signalement de Shaun n'avait été repéré dans les parages pour l'instant. Malgré tout, les trois vieilles dames n'abandonnaient pas la partie, disposant de multiples antennes invisibles à des endroits stratégiques des environs. Peut-être ne s'agissait-il que du retard d'un jour ou deux avant que leurs efforts ne soient couronnés de succès. Edgar s'en étonnait à part lui, car un vol ou une traversée vers la Bretagne s'effectuait le jour même et selon Fergal, Shaun avait bien semblé décidé à partir tout de suite. Il aurait été encore plus étonnant, voire stupéfiant, qu'il eût pu échapper au filet implacable de ses trois vieilles amies à son arrivée.

Plus tard dans la journée, Edgar fit un tour dans sa galerie d'art, satisfait de voir que des curieux et des estivants tardifs s'y pressaient déjà, mais ne releva rien d'insolite. Pour l'instant, Sophie trônait derrière le bureau – la galerie était fermée dans l'heure de midi et le soir, où Sophie changeait de fonction et présidait aux encaissements à la crêperie toute proche. Elle disposait d'une photo de Shaun dans un tiroir, et envoya un discret signe de tête négatif à Edgar.

Se serait-il donc trompé sur les intentions du jeune homme ?

En revenant vers sa librairie, il croisa une jeune vacancière aux cheveux courts teints en rose vif qui lui fit tourner la tête, car il avait l'impression de la reconnaître. Mais elle ne lui témoigna aucune attention, et il en conclut qu'il avait rêvé.

A l'heure du dîner, tandis que Vicky abaissait le rideau de fer de la librairie, Edgar eut la déception de lire un SMS de la part de Malo, qui lui disait avoir reçu l'assurance par la police irlandaise que Shaun Kilkenny ne figurait ni sur les listes de passagers des ferrys ni sur celles des avions qui avaient récemment quitté le pays. Indécis, le libraire se demanda à nouveau s'il n'avait pas fait fausse route. Puis, haussant les épaules, il s'engagea sur le sentier qui menait au petit presbytère en pierre bordé de gros massifs d'hortensias roses, mauves, et bleu vif qu'entretenait amoureusement le vieux curé du village, le père Gildas. Le petit jardinet bien tenu qui se tenait à côté respirait bon les fleurs et les herbes aromatiques.

Edgar aimait bien le père Gildas, toujours gentil, discret et aimable. Bien qu'il ait eu depuis longtemps l'opportunité de prendre sa retraite, l'ecclésiastique s'y était toujours refusé. Quelles tractations avait-il menées auprès de l'évêché local pour rester en poste ? Mystère. Toujours est-il qu'à un âge maintenant avancé, il occupait toujours la vieille cure du village, ayant baptisé, confirmé, marié, et enterré plusieurs générations de Kerdavallec.

Edgar fut content de voir qu'une lumière chaleureuse filtrait à travers les rideaux de la pièce de séjour, et frappa à la porte. Le père Gildas vint lui ouvrir, minuscule petit homme à la couronne de cheveux blancs et au sourire bienveillant.

- Ah, monsieur Spencer ! s'exclama-t-il. Quelle joie de vous revoir, vous êtes donc de retour parmi nous ? Mais entrez donc ! Que puis-je pour votre service ?

Dans le salon, Edgar eut la surprise de découvrir un grand échalas sensiblement du même âge que le père Gildas, confortablement assis dans le vieux canapé usé, en train de siroter un verre de pommeau. Sa longue barbe blanche et ses cheveux de neige qui lui tombaient sur les épaules firent naître un espoir fou chez Edgar, car il avait vraiment le physique de l'emploi. S'agissait-il précisément de celui dont il venait s'enquérir ? Avec un petit geste de la main, le père Gildas présenta son invité.

- Je vous présente Yvon Le Goat, un très vieil ami, qui fabrique des tisanes non loin.
- C'est justement à propos de vous que je venais rencontrer le père Gildas, s'empressa Edgar, avant de s'arrêter net dans son élan.

Comment déclarer à quelqu'un de but en blanc qu'il était - selon la rumeur - un druide patenté, et lui poser des questions indiscrètes sur les anciennes cérémonies celtes ?

- Vraiment ? releva le vieil homme avec un intérêt poli.
- Devant l'air déconfit et embarrassé d'Edgar, qui ne savait comment poursuivre, le père Gildas et lui partirent d'un rire parfaitement synchronisé.
- Je vois, reprit le vieil homme avec un sourire malicieux à l'attention de l'ecclésiastique. Encore un curieux.
- N'en croyez rien, annonça Edgar toujours gêné, mais mon histoire est, disons, plutôt compliquée. Je ne sais comment vous la présenter.
- Nous avons tout notre temps, fit aimablement le curé en refermant presque inconsciemment la porte du salon. Yvon et moi partageons quasiment tous les secrets de Kerdavallec depuis des lustres, vous savez.

Dubitatif, Edgar le dévisagea avec scepticisme, mais le prêtre s'esclaffa et hocha la tête.

- J'aurais d'ailleurs pu vous apprendre bien des choses sur les tragédies qui ont marqué Kerdavallec ces dernières années…

Il eut un geste éloquent.

- Je n'ai pas de secret pour mon vieux copain Yves, vous savez, sourit le veux druide. Cette péronnelle d'Armelle s'était adressée à moi pour un philtre d'amour dans le passé, figurez-vous.

- Sans compter que je voyais souvent ce pauvre André Le Foll à la messe. Pauvre homme.
- Mais alors… pourquoi ne disiez-vous rien ? s'étonna Edgar. Pourquoi ne vous êtes-vous pas manifestés, d'une manière ou d'une autre ?

Les deux compères échangèrent un coup d'œil.

- Savoir est une chose, prouver en est une autre, observa le curé de sa petite voix flûtée. Et n'oubliez pas le secret de la confession, cher ami. Mais j'ai plusieurs fois essayé de vous aider à découvrir la vérité, sans que vous ne vous en doutiez. Et vous étiez en bonnes mains avec Riri, Fifi et Loulou.

Edgar secoua la tête, étourdi. Comment le curé connaissait-il ces surnoms ? Décidément, il n'était pas au bout de ses surprises dans son village.

- Ce sont des surnoms tout à fait innocents, enfin je ne voudrais pas que vous pensiez…
- Taratata, coupa le vieux curé avec un sourire malicieux. Vous les mésestimez, mon cher. Ces trois chères amies sont parfaitement au courant de leurs sobriquets, et s'en amusent beaucoup.
- Hein ?
- Revenons à nos moutons, dit doucement Yvon Le Goat. Je dois bientôt partir. A propos de quoi voulez-vous me voir, monsieur Spencer ?
- Eh bien, c'est au sujet de la jeune irlandaise que j'ai ramenée ici pour son exposition de toiles…
- Des œuvres très jolies, d'ailleurs, intervint le curé. Nous les avons admirées cet après-midi. C'est d'ailleurs ce dont Yvon et moi étions en train de parler.
- Voilà, je voudrais vous demander des renseignements sur les cérémonies druidiques et les croyances des anciens celtes, et c'est en relation avec Katie, justement.

- Mais voyons, il y a une multitude d'artistes qui parsèment leurs toiles de mégalithes et autres symboles celtiques ou arthuriens pour leur donner une aura de mystère, cher ami, s'étonna poliment le vieux druide.
- Ce n'est pas ce qui m'amène, s'agaça Edgar. Voyez-vous…

De fil en aiguille, Edgar leur raconta toute l'histoire depuis le début sur le crime contre la pauvre Erin Finley. Il leur confia également l'impression de la photo de Shaun, en leur recommandant d'ouvrir l'œil, et leur donna les détails que la police irlandaise avait bien voulu leur envoyer.

- Du gui à même la poitrine, une pomme à la main et un triskell sur le front, vous dites ? musa le vieux druide, pensif. Aucune agression d'ordre sexuel ?

Edgar secoua la tête dans la négative, et Yvon le Goat réfléchit quelques secondes avant de poursuivre.

- Quand a-t-elle été assassinée, cette fille ? Avez-vous la date exacte ?
- Le 1er août dernier, d'après le dossier que nous avons reçu de la police irlandaise.
- Mm ! L'affaire est effectivement plus sérieuse que je ne le pensais, convint Yvon Le Goat, préoccupé.

Il échangea un regard inquiet avec le curé, qui s'était mordu la lèvre d'un air anxieux.

- Il faut que je vous fasse un petit cours d'histoire, monsieur Spencer, excusez-moi pour cet exposé didactique, je vais essayer d'être le plus court possible. Tout d'abord, ce que vous me décrivez n'a rien, absolument rien de druidique. Celui-ci préconise l'abstinence de consommation de chair animale, et rejette catégoriquement tout rituel sanglant et toute forme de violence. Les cérémonies qui s'y rapportent se basent sur l'incarnation de la science sacrée par la prière, les méditations, les communions avec les êtres et les éléments, et la sacralisation de la nature. Autour d'un Cromlec'h, c'est-à-dire un cercle de pierre édifié près d'un point cosmo tellurique, des cérémonies ont lieu. Les druides étant une caste sacerdotale à part dans la civilisation celte des Gaëls, ils ont souvent cumulé les fonctions de guérisseur des hommes et des animaux par des plantes, d'où des connaissances poussées en botanique. C'est une science essentiellement orale, et qui ne se transmet pas par un livre de sortilèges comme les sorciers.

Il s'interrompit, puis reprit d'un ton posé.

- Ce que vous me décrivez du meurtre de cette pauvre jeune fille, avec ce cérémonial sur le papier d'un livre de pratiques glauques, s'apparente davantage à un rite celtique préchrétien, où des sacrifices humains – quelle horreur – ont effectivement eu lieu en Irlande. Je veux dire qu'avant les Gaëls, qui se sont christianisés très vite, les Tuatha Dé Danann, les gens de la déesse Dana, pouvaient suivre ces pratiques barbares, encore que les sacrifiés étaient souvent des prisonniers de guerre. Les Celtes avaient une croyance très ferme dans l'immortalité de l'âme avec une forme de vie après la mort. Dans ce crime affreux, on a l'impression de voir ces très vieux rites atroces du Néolithique, plus ou moins mis à la sauce celte moderne… ce mélange m'indigne, voyez-vous. Ce livre est la clé de toute cette folie, et semble rassembler de manière hétéroclite et indigeste des usages plus païens que celtiques. Le jeune Brendan aurait bien été inspiré de le brûler ce damné recueil à la mort de son oncle au lieu de gober des âneries pareilles.
- Qu'est-ce qui vous paraît bizarre, ou saugrenu là-dedans ?

- Eh bien, la pomme est symbole celtique d'immortalité et de pouvoir. Le gui, vous ne l'ignorez pas, est une plante sacrée pour les druides et les Celtes. C'est un symbole d'immortalité et est aussi utilisé comme un talisman, un porte-bonheur pour éloigner les mauvais esprits et purifier les âmes. Qu'on ait glissé du gui contre la poitrine de la jeune fille l'indique comme une victime sacrificielle… « celui qui guérit tout » voilà le surnom de cette plante. Le triskell suit à peu près la même logique… c'est un symbole mystique qui peut vouloir dire le passé, le présent et le futur, ou bien traduire l'équilibre entre le corps, l'âme et l'esprit. Il est utilisé comme un talisman protecteur, mais notez qu'il représente aussi un passage dimensionnel entre le monde matériel et le monde des esprits. Sachez d'autre part que la date du 1er août est hautement révélatrice car elle correspond à une fête celtique, Lugnasad. C'est la fête du dieu Lug, dieu du commerce, où on célèbre l'abondance et la richesse. Cela correspond aussi à la période des moissons et des récoltes de fruits et légumes, ainsi qu'au stockage pour l'hiver.
- Je vois, tout indique que le meurtrier d'Erin s'est donné beaucoup de mal pour que son crime ressemble à un rite sacrificiel celtique, y compris en le commettant à cette date précise. Il y a d'autres fêtes dans le calendrier celtique ? s'enquit Edgar.
- Trois autres principales. La première, Imbolc, est célébrée le 1er février, c'est la fête de l'éveil ou de la sortie de l'hiver. Ensuite vient Beltaine le 1er mai, où on allume de grands feux pour célébrer le dieu Bélanos. Les chrétiens, pense-t-on, s'en sont inspirés pour les feux de la Saint-Jean, ayant pour croyance que tout mouvement vers un au-delà de la part de

l'homme est un désir bon en soi de s'élever, mais ne connaissant pas encore la Révélation du Christ.

Le père Gildas inclina la tête en assentiment, et ajouta.

- C'est d'ailleurs pourquoi les plus vieilles églises sont souvent construites sur les ruines d'anciens temples païens, afin de reprendre symboliquement le culte initial et le diriger vers l'Unique Dieu trinitaire. Pour cette même raison, le triskell se retrouve aussi parfois en ornement sur les églises, représentant cette fois la Trinité.

Yvon le Goat approuva, puis continua.

- La dernière fête du calendrier celtique est la plus connue, et aussi la plus sujette aux interprétations glauques. C'est Samain, fête du 1er novembre, qui annonce la fin de l'été vers le passage à la saison sombre de l'hiver. C'est aussi le moment où, croyaient les anciens Celtes, la frontière entre le monde réel et le monde de l'au-delà est la plus ténue. C'est un dérivé de la fête de Samain qui a donné l'Halloween moderne. Là également, les chrétiens ont repris la fête dans le calendrier et lui ont donné un sens judéo-chrétien avec la fête de la Toussaint, suivi de la fête des défunts. Les présents envers le monde des morts dans le monde celte, essentiellement des fêtes et des beuveries rituelles, se sont transformés en visite dans les cimetières et en messes offertes pour les défunts de sa famille. C'est cette dernière fête qui m'inquiète, voyez-vous. Des esprits faibles peuvent commettre des débordements en se prenant pour on ne sait qui à cette date. Chaque année, Yves et moi montons la garde dans le cimetière du village au cas où des vandales viendraient faire Dieu sait quoi pendant la nuit. Une fois ou deux, nous avons surpris des jeunes animés de semblables intentions et les avons fait fuir en poussant des cris d'outre-tombe.

Les deux compères gloussèrent à ce souvenir.

- Depuis lors, le cimetière a la réputation d'être hanté, ce qui le fait rester relativement tranquille cette nuit-là, sourit le vieux curé. J'ai même reçu un chasseur de fantômes tout ce qu'il a d'officiel il y a quelques années.
- Quoi qu'il en soit, monsieur Spencer, je vous conseille d'ouvrir l'œil, conclut le vieux druide. Ce meurtre ne me dit rien qui vaille, et la pauvre Katie a trempé dans quelque chose de très louche. Savez-vous ce que sont devenus les autres membres du groupe ?
- Partis à l'étranger pour l'un et à Cork pour l'autre, m'a-t-on dit.
- Et où se trouve ce fameux livre ? Il faut le détruire le plus vite possible pour éviter d'autres tragédies, si cela n'a pas déjà été fait. Ou le meurtrier est dérangé, ou on a tué cette pauvre fille pour un motif personnel et on a ensuite rattaché le crime à cette cérémonie pour brouiller les pistes.
- Aucune idée. Je vais le demander à la police s'ils ont retrouvé ce fameux grimoire.
- Si Brendan l'a conservé, c'est une catastrophe. Il peut encore manipuler ses anciens condisciples à distance, voire se faire de nouveaux disciples en prison. C'est une autre menace, même sans parler du danger de la vengeance de Shaun contre Katie... Combien de temps reste-t-elle parmi nous ?
- Jusqu'à la fin du mois d'octobre, reconnut Edgar, avec un sentiment de malaise. Il est prévu qu'elle parte d'ici directement pour Dublin le 2 novembre, le 1er étant férié.
- Veillez bien sur elle, monsieur Spencer. Surtout, organisez une surveillance ininterrompue autour d'elle du 31 octobre jusqu'au moment de son départ

le 2 novembre. Elle était la meilleure amie de la jeune Erin, on ne sait jamais…

Chapitre 8 – La menace se précise

Edgar revint à la librairie passablement démoralisé – Le vieux druide avait ravivé ses craintes plutôt qu'il ne les avait calmées – et passa une mauvaise nuit.

Le lendemain très en avance sur son horaire habituel, requinqué par deux ou trois tasses de café fort, il s'attabla à sa caisse et effectua du travail en retard pour sa librairie qu'il avait ouverte – même si Vicky n'arriverait pas avant deux heures au moins. Il regarda ses messages téléphoniques et ses e-mails, sans obtenir davantage de nouvelles que la veille. Malo n'avait apparemment rien reçu de plus d'Irlande, et personne n'avait encore vu Shaun de près ou de loin aux alentours de Kerdavallec, ou on le lui aurait signalé. Une fois son travail terminé, il essaya de lire les quelques ouvrages de sa librairie sur les légendes bretonnes, mais ne trouva rien d'aussi poussé que le résumé clair que lui avait fait Yvon Le Goat la veille, d'autant que quelques recherches supplémentaires sur Internet confirmèrent ses dires.

Découragé, il s'apprêtait à revenir dans son petit appartement et fermer la librairie jusqu'à l'heure officielle du matin lorsqu'il vit Katie passer devant le commerce, carnet de croquis et trousse en mains. Il se blâma de sa réaction instinctive, sortir et l'empêcher de se balader ainsi sans escorte. D'abord, il n'était pas son père, ensuite elle ne courait aucun danger dans l'immédiat puisque Shaun n'avait pas été signalé à des lieues à la ronde.

A ce moment, Katie leva les yeux et entrevit Edgar derrière son comptoir, à qui elle fit un signe amical de la main. Spontanément, il sortit sur le pas de la porte.

- Bonjour, monsieur Spencer ! claironna-t-elle. Quelle belle journée, vous ne trouvez pas ? La lumière est excellente, je vais sur la grande plage pour prendre quelques vues.

- C'est une excellente idée, approuva Edgar, à cette heure vous n'aurez pas de baigneurs. Voulez-vous que je vous accompagne ?
- Oh, mais cela va vous déranger, monsieur. Vous êtes si gentil de vous être déjà occupé de tout pour moi…
- Cela m'a fait plaisir, riposta le libraire. Et n'oubliez pas ma galerie que je ne savais pas comment remplir, vous me tirez aussi une belle épine du pied en acceptant de venir ici quelques semaines. Mais vous êtes sûre de vouloir y aller seule ?
- Ne vous inquiétez pas pour moi, monsieur Spencer. Je reviens d'ici une heure ou deux, et vous montrerai mon travail, si vous le voulez bien.
- C'est d'accord, dit Edgar qui ne voulait pas donner l'impression à Katie que des raisons importantes faisaient qu'elle soit surveillée en continu.

Pour autant, dès qu'elle fut hors de vue, il bondit sur son téléphone et réussit à joindre Malo, qui promenait ses chiens sur la plage à cette heure, en lui recommandant d'ouvrir l'œil et de surveiller Katie de loin. Un SMS lui apprit cinq minutes plus tard que Malo avait repéré la jeune fille et ne la perdait pas de vue. A son retour chez lui avec ses chiens, il préviendrait Matteo qui arrivait toujours très tôt dans sa pizzeria pour prendre le relais.

Rassuré, Edgar entama pendant deux bonnes heures un inventaire poussé de son stock jusqu'à voir revenir chez lui Malo accompagné de Katie, à sa grande surprise. Malo arborait son uniforme, et poussa la porte de la librairie en s'exclamant.

- Bonjour Edgar ! Je vous ramène votre artiste !

Devant l'air surpris d'Edgar, il ajouta.

- Nous avons sympathisé sur la plage, elle adore mes chiens et a fait leur conquête en à peine deux ou trois minutes.
- Votre ami est le policier du village, m'a-t-il dit, intervint Katie en anglais.

Bénissant le ciel que les quelques rudiments linguistiques scolaires de Malo aient suffi à rompre la glace, Edgar confirma. Celui-ci continua, enthousiaste.

- Vous savez que le père de Katie a été militaire ? Elle m'a parlé de ses campagnes à l'étranger. Il possédait aussi des dobermans, et Katie a grandi avec.
- De mon côté, je lui ai montré mes dessins, ajouta fièrement Katie. Qu'en pensez-vous, monsieur Spencer ?

De fait, les quelques croquis représentaient de façon saisissante quelques vues de la plage en différents points. Même la falaise qui se découpait non loin de là et constituait un promontoire pourtant apprécié des touristes, mais qu'Edgar avait toujours trouvé sinistre, prenait un aspect riant sous le crayon de Katie.

- Je voudrais avoir quelques vues locales de plage et de mer à exposer en aquarelle en plus de mes toiles de campagne irlandaise, expliqua Katie. Cela rendra l'exposition plus représentative du village. D'ailleurs, je vais revenir tout de suite à l'appartement pour m'y atteler.

Lorsque Katie eut franchi le seuil de la porte, Malo s'exclama, ravi.

- Cette fille est vraiment très sympathique, Edgar.
- Je sais, dit-il gravement, et c'est pourquoi nous devons ouvrir l'œil.

Malo reprit instantanément un peu de sérieux, mais hocha la tête.

- Autant que j'ai pu m'en apercevoir, nous étions rigoureusement seuls sur la plage. Je commence à me demander si nous ne nous sommes pas fait des idées.

Edgar devina que le « nous » voulait en fait diplomatiquement le désigner lui, et se prit à douter. Peut-être avait-il construit des dangers imaginaires autour de Katie ? Et peut-être mobilisait-il ainsi sans raison ses amis de Kerdavallec ? Son air dubitatif n'échappa pas à Malo.

- En tout cas, je suis d'accord avec vous. Quelles qu'aient été nos craintes à son sujet, il est inutile de l'affoler avec cela. Elle a tenu à me raccompagner lorsque je suis revenu chez moi pour me changer et a joué avec les chiens sur la plage pendant un bon moment. Voulez-vous que je lui prête un des dobermans pour lui tenir compagnie en journée ? Cela résoudrait le problème de sa sécurité.
- Mais êtes-vous sûr qu'elle ne coure aucun danger avec un de vos chiens ?

Edgar avait des raisons de craindre l'animosité de ces sales bêtes, malgré toute son amitié pour Malo. Ces carnes grondaient de manière menaçante lorsqu'il se trouvait dans la petite maison de Malo qui donnait sur la plage, aussi ne s'y rendait-il que très rarement, même si Malo l'invitait parfois à regarder ses photos de vacances ou admirer sa collection de vieilles armes dégotées sur des brocantes.

- Vous auriez dû les voir ! Dire qu'ils grondent dès qu'ils aperçoivent Manon… mais Katie a su les amadouer en moins de cinq minutes. Dojo ou Wasa-ari feraient parfaitement l'affaire. Féroce, lui, se montrait plus distant avec elle, mais il est de toute façon mal taillé pour protéger quelqu'un.

Tandis que les noms de deux des compagnons canins de Malo trahissaient un amour passager pour les sports de combat japonais, le dernier toutou ne les avait rejoints que récemment. En effet, ce chien très mal nommé était le minuscule compagnon domestique de la mère Le Guirrec, que Malo avait recueilli après le décès de sa maîtresse. Lilliputien à côté de ses deux congénères, Edgar avait craint au début que les deux molosses ne s'en prennent à lui et n'en fassent qu'une bouchée, mais Malo lui assurait - au total ébahissement du libraire - que c'était Féroce qui avait pris l'ascendant sur ses énormes comparses. De fait, Edgar avait surpris le petit chien plusieurs fois en train d'aboyer violemment lorsque les deux bêtes grondaient sur quelqu'un, Manon en particulier, réussissant à les contenir. Mais il reconnaissait avec Malo que ce tour de force était circonscrit à ses deux compagnons canins, et devant un réel adversaire humain, Féroce ne serait pas de taille.

- Vous avez raison, c'est une bonne idée. Espérons que ce ne sera qu'une précaution inutile, soupira le libraire.

A cet instant, Yvon Le Goat pénétra dans la librairie. Malo, qui ne l'y avait jamais vu, cligna des yeux devant l'apparence encore plus débraillée du druide que la veille. Edgar en venait presque à regretter qu'il ne soit pas venu vêtu d'une longue robe blanche avec du gui dans les cheveux, il aurait moins attiré l'attention. Un pan de chemise pendait hors de son pantalon de velours côtelé qui semblait tenir par miracle sur sa maigre personne, ses cheveux en bataille voletaient autour de lui et ses mains noircies semblaient maculées de terre.

- Monsieur Spencer ! J'ai tenu à vous en avertir tout de suite ! Le jeune homme dont vous avez montré la photographie hier soir…
- Oui ?
- Hier était une soirée de pleine lune, et je… enfin, je… je me promenais dans la campagne lorsque je l'ai vu ! Je vous jure que je l'ai vu !

Dans le dos du vieil homme, Malo leva les yeux au ciel avec une moue dubitative. Edgar lui-même n'était pas très sûr que le vieux druide n'essaye pas de pimenter son existence ou de se rendre intéressant en inventant avoir vu un individu dont il lui avait parlé seulement la veille au soir.

- Pourtant, la police irlandaise nous certifie qu'il n'a pas quitté le territoire, à leur connaissance, observa Edgar.
- Je vous assure que je l'ai vu ! insista Yvon Le Goat.

- Peut-être avez-vous été trompé par une ressemblance ?
- Non, je suis catégorique. C'était bien lui. Je voulais lui parler, je connais assez bien l'anglais et me suis rendu plusieurs fois au Pays de Galles.
- Vous a-t-il remarqué ? Vous lui avez parlé ? s'alarma Edgar.
- Non, je... heu... enfin, il était difficile de me voir. Je me suis caché, et ne pense pas qu'il m'ait remarqué. Je me trouvais dans du pré du père Mahé, non loin du centre commercial, vous connaissez ?

Malo eut un signe d'assentiment.

- J'étais en plein milieu du champ, et c'est alors que je l'ai vu qui longeait la pâture. A un moment, il s'est arrêté et à écrasé son mégot de cigarette, ce qui m'a donné l'occasion de bien le regarder. Et j'ai pu distinguer nettement ses traits à la lueur de la lune. C'était bien celui dont vous nous avez montré la photo, sans erreur possible. Il longeait la lisière du champ.
- Et que faisait-il ? intervint Malo.
- Il avançait à grands pas vers Kerdavallec. Au détour du chemin, j'ai voulu le suivre mais il avait disparu.

Puisque le vieux druide n'allait visiblement pas en démordre, le policier intervint.

- Nous allons prendre toutes les mesures nécessaires, monsieur Le Goat, le rassura Malo de sa voix profonde, merci de nous l'avoir signalé.
- Ç'aurait été de toute façon très imprudent de lui adresser la parole, renchérit Edgar.
- Pourquoi ? Ce n'est pas après moi qu'il en a, fit Yvon Le Goat, non sans raison.

Il promena son regard du libraire au policier, et dit avec un soupçon d'amertume.

- J'ai l'impression que vous ne croyez pas un traître mot de ce que je viens de dire…
- Pas du tout, monsieur Le Goat, mentit courtoisement Edgar. Nous allons nous renseigner, merci encore de votre aide.

Le vieux druide quitta alors les lieux, clairement surpris et déçu de ne pas avoir suscité plus de réaction chez ses interlocuteurs. Lorsqu'il fut parti, les deux compères s'entre-regardèrent.

- A dix contre un, je vous parie qu'il s'agit d'une invention, Edgar, opina Malo.
- Et si cela n'en est pas une, j'aimerais savoir comment Shaun a réussi à se déplacer ici au nez et à la barbe de la police de son pays, et qu'il n'ait laissé aucune trace de son arrivée dans les environs… de plus, quelque chose m'étonne. Si ce vieil homme avait décidé de le suivre, comment Yvon Le Goat l'a-t-il perdu aussi facilement en route ? Shaun ne marchait pas à une vitesse supersonique, tout de même !
- Tout indique que son histoire est montée de toutes pièces. Que pensez-vous de ce gugusse, Edgar ?

Ce dernier devina que l'apparence d'Yvon Le Goat ne venait pas plaider en sa faveur auprès de Malo, féru d'ordre et de discipline.

- Je ne sais pas, avoua-t-il honnêtement. Hier, il m'est pourtant apparu comme un être tout à fait sensé et équilibré. Mais ses propos ne tiennent pas debout tels quels… je ne sais pas quoi en penser.

Après quelques minutes de réflexion, Malo proposa.

- Voulez-vous quand même que nous allions faire un tour du côté du champ du père Mahé, juste pour voir ?

Chapitre 9 – Le chêne et la mer

Sur le chemin qui menait au pré du père Mahé, Edgar et Malo examinèrent soigneusement les lieux, mais ne trouvèrent aucune trace d'un éventuel passage. Evidemment, le chemin sec, caillouteux et inégal, n'allait pas conserver obligeamment des traces de pas pour eux. Poussant un gros soupir, Edgar tourna son regard vers l'ouverture du pré, maintenant occupé par deux ou trois chevaux en liberté, et claqua la langue d'un air déçu.

- Vous avez raison, Malo. J'ai eu tort de croire à ces idioties. De toute façon, d'où notre bon druide aurait-il pu voir quelqu'un sur le sentier depuis là-bas ?

Il désigna le pré entouré d'une haute haie sauf à son entrée, où lui-même devait se tenir sur la pointe des pieds pour voir quelque chose à l'intérieur par-dessus la végétation. Deux chênes occupaient le centre du pré, mais leur tronc était beaucoup trop mince pour qu'un homme puisse se dissimuler à l'arrière. Le reste du pré s'étendait, plat comme la main, et n'offrait rigoureusement aucune cachette.

- Quel besoin aurait-il eu, même s'il se trouvait dans ce pré, de regarder à l'extérieur ? Et puis, il n'y a rien à faire ici ! Les bêtes sont rentrées pour la nuit, et on ne se promène pas dans un champ vide sous les étoiles pour le plaisir !

Aussi décontenancés l'un que l'autre, mais satisfaits dans leur vérification qu'Yvon le Goat avait sans doute inventé cette apparition nocturne, ils reprirent le chemin de Kerdavallec. Après seulement quelques pas, Edgar agrippa violemment le bras de Malo, le faisant sursauter.

- Regardez !

Dans l'herbe folle qui poussait le long de la haie du champ, Edgar venait de remarquer un mégot de cigarette aplati qui avait visiblement été repoussé depuis le sentier. Il le ramassa et le montra à Malo.

- Yvon Le Goat nous a bien dit qu'il avait vu Shaun jeter et écraser son mégot de cigarette…
- Voyons, Edgar, ce mégot peut se trouver là depuis des mois ! s'énerva Malo.
- C'est vrai, reconnut Edgar, mais j'ai vu Shaun faire exactement cela devant moi en Irlande, c'est-à-dire jeter sa cigarette, l'écraser et la pousser du pied, et cela, notre bon druide n'a pas pu l'inventer. Je vais quand même demander à Fergal quelle marque de cigarette fume Shaun, juste pour vérifier.

Malo haussa les épaules sans répondre, tandis qu'Edgar glissait le mégot dans sa poche. Sur le chemin, ils croisèrent de nouveau la vacancière aux cheveux roses qu'Edgar avait déjà remarquée, armée d'un sac à dos, qui se rendait visiblement à pied jusqu'au centre commercial voisin pour y faire des emplettes.

Une fois arrivés à la librairie, où Vicky choisissait avec une jeune maman quelques livres de littérature enfantine pour son rejeton, Edgar remercia Malo de son aide. Il n'arrivait pas à se défaire d'une vague impression de malaise, même s'il reconnaissait bien volontiers que ce mégot de cigarette ne constituait pas une preuve et pouvait avoir tristement échoué dans le paysage depuis belle lurette. Pourtant, il avait l'air récent.

N'y tenant plus, lorsque la cliente eut payé ses achats, il appela tout de suite son fils au téléphone qui parut surpris d'être dérangé en plein travail.

- Papa ? Que se passe-t-il ? demanda-t-il, une nuance d'inquiétude dans la voix.
- Excuse-moi, Fergal, tu vas sans doute m'en vouloir de te déranger ainsi, mais connais-tu la marque de cigarette que fume Shaun ?

Fergal la donna, et le cœur d'Edgar se serra. C'était bien ce qui correspondait au mégot qu'il venait de ramasser. Le doute l'envahit.

- C'était tout ce que tu voulais savoir ? poursuivit son fils, dont la voix se teintait cette fois-ci d'un soupçon de reproche.

Edgar résolut de jouer franc jeu.

- Ecoute, je suis peut-être stupide et je me forge sans doute des idées, mais connais-tu un moyen par lequel Shaun aurait pu arriver en Bretagne sans emprunter disons des voies officielles ? Sans que son départ ni son arrivée aient été enregistrés quelque part ?

Fergal se tut un assez long moment, et finit par répondre, la voix altérée.

- Si, il y en a un.
- Lequel ? demanda Edgar, dont le cœur venait de bondir dans la poitrine.
- C'est un marin chevronné, et il donne parfois un coup de main à son oncle qui a un bateau de pêche au départ de Dublin. Il a pu embarquer avec lui, lui demander de faire un détour, et aborder sur la côte nord de Bretagne. A partir de là, il lui suffit de prendre le train pour arriver jusque dans le Morbihan.
- Mais personne ne l'a repéré par ici, objecta Edgar. J'ai mis toutes mes connaissances sur le pied de guerre. Il aurait bien fallu qu'il loge quelque part, non ?

Après un silence, Fergal reprit.

- Si j'étais lui, et que je ne veuille pas attirer l'attention sur ma personne, j'aurais…
- Loué un bateau, compléta Edgar, dont l'évidence venait de le traverser. Il peut mouiller sur un point de la côte, à Quiberon ou ailleurs, et venir à Kerdavallec en voiture ou à vélo dans la journée. Evidemment, s'il ne veut pas se faire remarquer ou reconnaître de moi,

il viendrait de préférence pendant la nuit pour repérer les lieux.

Un poids écrasait la poitrine d'Edgar, qui se maudit de sa stupidité. Il était maintenant prêt à parier que Shaun n'avait pas abandonné la partie, et ourdissait quelque sombre machination tout près du village. Le fait qu'il vienne ainsi en catimini ne laissait pas de doute sur ses mauvaises intentions, si leur hypothèse était juste.

- Merci, Fergal. Je vais faire des vérifications de mon côté, il faut qu'on soit certains de notre supposition, lui dit-il en raccrochant.

Se pouvait-il qu'Yvon Le Goat ait *réellement* aperçu Shaun la veille au soir ?

S'excusant rapidement auprès de Vicky, il sortit en hâte et, plus vite qu'il ne voulait bien se l'avouer, pressa le pas en direction du presbytère où il eut la chance de tomber sur le père Gildas en casquette dans son ravissant jardinet, aux prises avec des mauvaises herbes récalcitrantes.

- Bonjour, mon père, voulez-vous me donner s'il vous plaît l'adresse exacte de votre ami Yvon Le Goat. Il est passé à la librairie tout à l'heure… ou peut-être puis-je lui téléphoner ?
- Oh non, il n'a pas le téléphone. Attendez… j'ai cela quelque part…

Ayant empoché l'adresse du druide, Edgar remercia l'ecclésiastique avec effusion et reprit le chemin d'un pas vif en direction de l'ancienne maison des Bronnec. Après quelques recherches, il parvint à localiser la petite maison pimpante un peu en retrait qu'occupait Yvon Le Goat, et tambourina à la porte sans succès.

Déçu, il revint à la cure où le père Gildas s'affairait toujours dans son minuscule jardin de curé, où l'air embaumait le réséda et la rose ancienne.

- Vous avez pu le voir ? demanda le père Gildas d'un air affable en voyant Edgar rebrousser chemin.

- Non, il a dû partir, répondit Edgar, morose.

L'ecclésiastique consulta sa montre et s'épongea le front.

- Effectivement, à cette heure il doit se trouver sur un des marchés avoisinants pour vendre sa récolte d'herbes à tisane. Hier soir, il passait chez moi juste avant de refaire le stock d'herbes à sécher.
- En fait, l'informa Edgar, il m'a dit ainsi qu'à Malo Kerven qu'il a vu quelqu'un depuis le champ du père Mahé s'approcher de Kerdavallec pendant la nuit dernière, et je venais le voir à ce sujet car il est impossible de remarquer quelqu'un sur le sentier à cause de ces grandes haies.

A sa grande surprise, le père Gildas partit à rire à gorge déployée.

- Et je parie qu'il ne vous a pas dit ce qu'il faisait dans le champ du père Mahé ?
- Eh bien, non, mais…
- Vous avez remarqué les deux chênes au milieu du champ ?
- Mais ils sont trop étroits pour qu'on puisse s'en servir comme cachette, voyons !
- oui, mais ils sont bien assez larges pour qu'on puisse y grimper, et Yvon est plus agile qu'un chat, à force d'avoir grimpé sur les mâts dans sa jeunesse. Il ne navigue plus depuis longtemps bien sûr, mais travaille encore comme élagueur à l'occasion. Ces chênes font cinq à six mètres de hauteur, et je parie que notre cher druide les a délestés hier de tout le gui qu'ils pouvaient contenir ! Mais bien sûr, il n'allait pas le reconnaître devant le policier du village ! Après tout, c'est une propriété privée.

Edgar réfléchit, stupéfait, mais dut se rendre compte de l'évidence : perché tout en haut d'un des deux arbres et dissimulé par leur feuillage, le vieux druide occupait une position idéale pour repérer quelqu'un qui longeait le champ.

Avec la lumière de la lune, pas étonnant qu'il ait pu voir distinctement ce que Shaun faisait avec sa cigarette…

Et, réfléchit Edgar avec un pincement au cœur, pas étonnant non plus que le jeune homme ait déjà disparu lorsque Yvon avait voulu le suivre… le temps de descendre de l'arbre avait dû suffire pour Shaun, jeune et vigoureux, pour le distancer sur le chemin… oui, tout concordait.

L'Irlandais avait donc bien résolu de poursuivre sa vengeance à Kerdavallec.

*****

- Où ce damné bateau peut-il bien se trouver maintenant ? fulmina Malo.

Il était tard le soir dans la librairie, et le policier était venu muer les conjectures d'Edgar en certitude. L'identité de Shaun avait bien été donnée à un loueur de bateau de Quiberon, le jeune homme avait loué un voilier de six mètres pourvu d'une cabine en réglant rubis sur l'ongle, et avait fourni toutes les preuves de ses qualités de skipper.

- Et il s'y connaît, le petit gars ! avait noté le loueur, admiratif. Il a presque manœuvré mieux que moi pour le sortir du port.

Malo avait du mal à digérer la nouvelle, autant par fierté personnelle que par dépit de ne pas avoir deviné avant Edgar que la menace pour Katie était bel et bien arrivée à Kerdavallec en déjouant toutes leurs précautions. Edgar avait d'ailleurs immédiatement téléphoné à la cure, pris de remords, pour demander au père Gildas d'informer son ami qu'il avait vu juste. Sans l'avertissement du vieil homme, ils auraient pu continuer longtemps à croire aveuglément dans la sécurité de la jeune fille.

- Il faudra informer Katie dès demain du danger qui la menace, affirma Malo, implacable. Je ne peux la protéger vingt-quatre heures sur vingt-quatre, et vous non plus, Edgar. Fini de rire, maintenant.

Chapitre 10 – L'homme invisible

Edgar eut la satisfaction de voir le trio des canetons débarquer dans la matinée du lendemain à la librairie. Ne prenant même pas la peine de leur demander comment elles pouvaient être au courant des derniers développements, Edgar alla droit au but.

- Vous savez que nous avons à présent la preuve que Shaun s'est bien rendu en Bretagne ?
- Incroyable qu'on ne l'ait pas su avant, ronchonna Riri. Ce garçon est très fort.
- Il a réussi à tromper la surveillance de la police en Irlande et je crois qu'il ne faut pas sous-estimer le danger qui menace maintenant Katie. S'il vit sur son bateau et se rend à Kerdavallec uniquement à la faveur de la nuit, il est pratiquement indétectable. Je vais prendre des dispositions pour que Katie ne dorme pas à l'appartement au-dessus de la galerie à partir de ce soir, il serait assez simple de crocheter la serrure. Il m'est arrivé de découvrir les coupables de crimes dans le passé, mais de là à en empêcher un avant qu'il ne se produise, c'est une autre histoire.

Après quelques instants, Edgar reprit.

- Mais j'ai une question à vous poser en particulier, Mesdames…

Immédiatement, trois têtes auburn, blanc de neige et blond platine convergèrent vers lui, intéressées.

- Ce jeune homme, s'il se cache sur son bateau, doit forcément mouiller quelque part. On ne m'a signalé le passage proche d'aucun voilier dans les environs, je pense qu'il s'est dissimulé par ici à la faveur de la nuit. D'après vous, quel est le meilleur endroit de mouillage discret possible pour son bateau à proximité de Kerdavallec ?

- Je dirais qu'à quelque distance de la baie, en venant sur un canot pneumatique, il peut s'installer n'importe où, pourvu que la mer soit calme, opina Rima, peu encourageante.
- Je pense à un endroit … mais il faudrait bien connaître le coin, c'est très isolé et peu facile d'accès, réfléchit Loulou. Comme ce jeune vient d'arriver ici, c'est peu probable qu'il soit au courant. C'est un des lieux de pêche retirés que connaît Monsieur Guihéneuf, vous savez…

Edgar hocha la tête. Le mari de la tenancière du bed and breakfast local approvisionnait tout le village en poisson et coquillages frais, y compris Malo qui, à cette seule occasion, fermait les yeux de manière élastique sur le respect de la loi.

- Eh bien, c'est une crique assez tranquille de l'autre côté du village, en pleine campagne, derrière un amas de pierres escarpées où personne ne monte jamais. Cependant, depuis la crique il n'y a aucun moyen d'escalader ces pierres à mains nues, donc je ne vois pas comment ce jeune réussirait ensuite à gagner la terre ferme vers le village. On peut y accéder et jeter l'ancre à marée haute seulement, car la crique est assez profonde pour un bateau et protégée par des récifs à marée basse.
- De toute façon, il est beaucoup plus probable qu'il ait mouillé aux environs de Quiberon, intervint Fifi de sa voix douce. Nous pouvons demander à Jocelyne Guihéneuf si son mari a repéré un voilier dans les environs, il va en mer tous les jours.

Edgar se maudit de sa bêtise, bien sûr, c'était la première chose qu'il aurait dû faire. Monsieur Guihéneuf connaissait la marina et sillonnait la presqu'île en tous sens presque chaque jour, les chances pour qu'il ait aperçu le voilier de Shaun quelque part n'étaient pas négligeables. Riri, Fifi, et Loulou continuèrent sur leur lancée par une dissection méthodique des nouveautés du village, et les derniers vacanciers hébergés par Corentin Le Plouhinec excitaient visiblement leur curiosité. Parmi eux, une seule Britannique à cheveux teints en rose avait un look qui faisait sensation. Elle logeait au camping de Corentin le Plouhinec dans une simple tente, mais le froid naissant en semblait pas la gêner.

- Des cheveux roses ? Attendez…

Edgar farfouilla dans sa mémoire jusqu'à retrouver la silhouette de la jeune fille aux cheveux roses qu'il avait déjà croisée et lui avait vaguement rappelé quelqu'un. Mais qui ? Ces jeunes se ressemblaient tous…

C'était tout ce qu'elles avaient pu apprendre jusqu'à présent, mais elles se promirent d'apprendre au plus vite son identité, et Edgar se dit que n'importe quel estivant devrait d'abord venir pointer à son coin café de la librairie et subir un interrogatoire en règle avant de prétendre profiter de ses congés.

Ayant épuisé l'ordre du jour et après lui avoir réitéré leurs promesses d'aide, les trois vieilles dames prirent congé, émoustillées par ce nouveau développement. Quant à Edgar, il échangea un regard navré avec Vicky, prit son blouson et se dirigea vers la sortie pour aller faire son devoir.

- Bonne chance pour tout lui dire, boss, lui dit Vicky qui l'avait compris sans paroles.

*****

Le cœur lourd, Edgar se rendit à la galerie où Sophie l'accueillit avec un gazouillis de bonnes nouvelles, car une aquarelle et une vue d'une côte irlandaise venaient de trouver respectivement preneurs auprès d'un occupant de résidence secondaire à Kerdavallec et un couple de touristes de passage. Mais dès qu'elle nota l'absence de réaction du libraire, son sourcil se fronça.

- Que se passe-t-il, monsieur Spencer ?

En quelques mots, il lui expliqua la situation et la consternation se peignit sur le visage de Sophie.

- Est-ce… est-ce que Katie est au courant ? hésita-t-elle.
- Elle est consciente du danger qui la menaçait en Irlande, mais pas de l'arrivée de Shaun Kilkenny près de Kerdavallec, précisa Edgar d'un ton lugubre.
- C'est vraiment dommage, elle qui commence à se plaire parmi nous depuis presque deux semaines… Elle fait tourner des airs de harpe toute la journée – je les entends d'ici - et ne bouge pas de l'appartement d'en haut, je pense qu'elle travaille toute la journée à de nouvelles toiles. Lorsqu'elle descend elle me salue toujours avec un large sourire, même si je ne comprends pas grand-chose de ce qu'elle raconte.
- Elle m'avait dit que cette musique était une manière pour elle de retrouver la présence d'Erin et de surmonter son deuil, quelle tuile... j'avais vraiment l'impression qu'elle s'était épanouie depuis son arrivée.
- Allez la voir, monsieur Spencer, fit Sophie, en fille pragmatique. Cela ne sert à rien de reculer l'échéance, et elle a le droit d'être mise au courant du danger.

Lorsqu'Edgar frappa à la porte, il y eut un bref remue-ménage à l'intérieur, puis un bruit de placard qu'on ouvre et referme. Lorsque Katie lui ouvrit, les mains et la blouse maculés de diverses couleurs, Edgar vit la fenêtre grande ouverte – qui ne masquait cependant pas une odeur tenace de peinture.

- Ah, monsieur Spencer ! l'accueillit Katie avec un sourire chaleureux, tout en dénouant ses cheveux d'un blond argenté autour d'elle. Entrez donc, je vous prie, et asseyez-vous.

Sa timidité et son effacement d'Irlande appartenaient visiblement au passé, et comme l'avait dit Sophie, elle semblait beaucoup plus assurée et joyeuse qu'à son arrivée. Cela ne rendait pas la tâche d'Edgar plus facile, au contraire. Après les salutations, il demanda.

- Vous avez reçu des nouvelles d'Irlande ?

Un instant son visage se ferma, mais elle répondit d'un ton assez dégagé.

- Aucune, et vous ?
- Eh bien, je ne sais pas trop comment vous l'apprendre… vous vous rappelez de Shaun, le petit ami d'Erin ? Celui à cause duquel vous avez dû quitter le pays ?
- Bien sûr, eh bien ? demanda-t-elle d'un ton où perçait un léger étonnement.
- Vous savez qu'il a rencontré… euh… Brendan dans sa prison ?
- Non, je l'ignorais. Et alors ?
- C'est après cette rencontre que nous suspectons qu'il a tiré sur nous à Goddard Park, et il est probable qu'il a pris un bateau et a débarqué en Bretagne il y a peu… il aurait été vu hier soir à proximité de Kerdavallec.
- Je vois.

Toute l'animation de Katie était retombée, mais elle ne semblait pas effrayée outre mesure, plutôt songeuse. Après quelques instants de silence, elle demanda :

- Et vous craignez maintenant pour ma sécurité ici, n'est-ce pas ?
- Je vous avoue que oui, et je m'en veux. C'est moi qui vous ai amenée à Kerdavallec en pensant vous protéger, et je m'en voudrais énormément si quelque chose devait vous arriver.
- Cher monsieur Spencer.

Quelque chose de très affectueux dans la voix de Katie fit du bien à Edgar, qui la regarda mieux. Elle conservait un air sérieux, mais lui dit d'un ton posé.

- Vous n'êtes responsable en rien de ce qui est arrivé ni là-bas, ni ici. C'est le destin, voilà tout.
- J'ai bien peur que Brendan n'ait envenimé les choses et ravivé le besoin de vengeance de Shaun.
- C'est plus que probable. Il est ainsi, il aura voulu briller après de Shaun, pour une fois.

Après quelques instants, elle poursuivit.

- Nous étions presque des enfants lorsque nous nous sommes rencontrés, à l'école. Nous avons été attirés l'un vers l'autre, j'ai peur pas pour de bonnes raisons, car nous étions aussi timides et effacés l'un que l'autre. Il y avait un courant de sympathie entre nous car nous affrontions les mêmes épreuves, vous voyez ? Et à l'adolescence, avoir un petit ami était aussi incontournable qu'avoir le dernier gadget à la mode ou un vêtement de telle marque, vous voyez ? Cela nous rehaussait dans le groupe de classe. Les ados sont au fond très moutonniers, et si peu sûrs d'eux-mêmes… alors nous nous sommes prétendus ensemble. C'était un arrangement qui nous convenait à tous deux, mais que nous n'entendions pas poursuivre au-delà du lycée. Et puis, ce fatal soir…
- Oui ? L'encouragea Edgar.
- Je me trouvais avec Brendan, chez ses parents. Il m'a dit que son oncle venait de décéder, et qu'on avait rapporté ses affaires personnelles. En prenant l'air important, il m'a dit qu'il allait voir s'l y avait quelque chose d'intéressant. Je m'en rappelle encore, il y avait une grande caisse en carton abandonnée dans l'entrée dans laquelle il a fourragé assez longtemps. C'est alors qu'il a trouvé ce fameux livre.
- Comment se présentait-il ?

- Vous vous attendiez à un vieux grimoire relié en cuir rempli de parchemins moisis ? Eh bien non, c'était un petit cahier d'écolier tout ce qu'il y a de plus classique, qu'on aurait pu facilement jeter aux ordures sans même vérifier son contenu. Lorsque Brendan l'a ouvert…

Katie fit une pause, et Edgar respecta son silence.

- Quelque chose s'est produit. Il n'arrivait pas à en détacher les yeux, semblant dévorer ce qui était écrit. J'ai trouvé que quelque chose n'était pas normal, et le lui ai presque arraché des mains pour le parcourir à mon tour. Mais ce n'était que des récits de célébrations magiques et des recettes de potions fantaisistes avec des illustrations, je lui ai dit que tout cela était ridicule et qu'il ferait mieux de le jeter, mais il m'a regardé d'un air étrange, et a suggéré, « Pourquoi ne pas essayer ? » « Essayer quoi ? » lui ai-je répondu. Il m'a alors parlé des rites des anciens Celtes qui étaient décrits là, et même si je trouvais tout d'abord cela parfaitement grotesque, je me suis dit…

Elle se tordit les mains presque involontairement, et poursuivit.

- C'était parfaitement stupide de ma part, et j'ai honte de le reconnaître à présent, mais je m'étais dit que cela nous… enfin, ce genre de choses nous mettrait en valeur après des autres lycéens, vous voyez ?

Edgar hocha la tête, compréhensif. Lui aussi se souvenait de ses tentatives puériles pour essayer d'attirer l'attention sur lui à ce moment-là de son existence.

- Alors, on a tout organisé une fois ou deux, et on s'était bien amusés au départ, avec ces vieilles robes blanches, nous étions allés ramasser des fleurs et des branches… Ryan avait même découvert dans le grenier de ses parents des bois de cerf qu'il s'était collés sur la tête je ne sais comment… Erin a fini par venir sur mes instances – au début, elle ne voulait pas – et, oh ! Si vous saviez comme je m'en veux que tout ceci ait tourné ainsi ! A la première réunion, Shaun était là avec elle. Nous avons tournoyé autour du feu en riant comme des imbéciles, puis Erin nous a enchantés avec sa musique au clair de lune, sous les étoiles… et puis, à la deuxième réunion, les choses ont changé, sans que je ne sache trop pourquoi. Brendan avait dit qu'aucun des membres du groupe n'était au-dessus du druide, ou je ne sais quoi. Il a commencé par interdire à Ryan de porter ces bois de cerf ridicules, et puis il a dit à Erin qu'elle se mettait trop en avant avec sa musique… Moi, j'aimais ce moment particulier, et je pense que les autres aussi. A la troisième réunion, il fallait qu'on élise le meilleur d'entre nous dans le groupe, et Brendan a refusé de nous donner le résultat du vote ce fameux soir où Erin s'est fait tuer… j'ai toujours pensé qu'il l'avait tuée par dépit, par jalousie, le résultat du vote avait dû être en la faveur d'Erin. Il a dû péter les plombs.

Après quelques instants, elle poursuivit.

- Mais c'est tellement… tellement *stupide,* et tellement mesquin de s'en être pris à elle ainsi pour une raison aussi idiote, poursuivit-elle avec véhémence. Jamais je n'aurais cru que Brendan était à ce point obnubilé par la domination, la volonté d'être le chef…
- Elle ajouta d'un air désolé.
- Je devrais être en colère contre Shaun de me poursuivre ainsi de sa vengeance… mais je n'y arrive pas, au fond de moi quelque chose me dit qu'il a raison de m'en vouloir.

Elle conclut, amère.

- Je n'avais rien vu… et j'aurais dû empêcher Erin de participer à cette mascarade dès le départ, et elle serait encore parmi nous.

Edgar ne sut que répondre devant ses accents pitoyablement sincères. Katie serait poursuivie par la culpabilité toute sa vie.

- Maintenant que j'y repense, c'était tellement bête… toute cette sarabande au clair de lune, Ryan avec ses bois de cerf, nous avec nos robes trop grandes, Kelly avec ses cheveux roses…

Saisi, Edgar s'écria.

- Qu'avez-vous dit, Katie ? *Des cheveux roses ?*

Chapitre 11 – Shaun sort de l'ombre

Dès le lendemain, Edgar prit sur lui d'aller faire un tour au camping tenu par Corentin Le Plouhinec. Il s'arrêta d'abord dans le bureau, et obtint les renseignements nécessaires, car le tenancier avait été prévenu de la visite d'Edgar par un appel de Malo. Edgar se maudissait de ne pas avoir reconnu Kelly plus tôt, même s'il ne l'avait vue qu'une seule fois plus jeune en photo. Devant la petite tente, il hésita mais à cet instant, l'adolescente en sortit et le dévisagea sans aménité.

- Qu'est-ce que vous voulez ? aboya-t-elle en anglais, en guise de salutation.

Edgar se redressa.

- Bonjour. Je vous croyais à Cork, Kelly. Vous êtes bien Kelly Donovan, n'est-ce pas ?

Celle-ci l'observa, sourcils froncés.

- Alors c'est vrai… c'est vous le père de Fergal ? Et vous avez emmené Katie avec vous en Bretagne ?
- Comment l'avez-vous su ? riposta Edgar.
- Facile. J'ai des amies qui travaillent comme extras dans les cuisines de votre dinde de belle-mère.
- Et pourquoi êtes-vous là ?
- Je veux parler à Katie, car je suis certaine que mon frère n'est pas le coupable.
- Qu'est-ce qui vous fait dire cela ?
- Je le connais, c'est tout. Où se trouve Katie ?
- Je n'ai pas l'intention de vous l'apprendre, Kelly.
- Je la trouverai toute seule, alors.
- Avez-vous vu Shaun dans les environs ?

Une flamme d'intérêt s'alluma dans les yeux de l'adolescente.

- Il est là ? Intéressant… non, je ne l'ai pas vu par ici. Mais je vais ouvrir l'œil. S'il se trouve ici, c'est qu'il en a après Katie, et vous aurez bientôt un autre crime sur les bras.

Et elle rentra dans sa tente sans autre commentaire.

Toutefois, malgré les sombres pronostics de la présence de Shaun dans les environs, près de dix jours s'écoulèrent sans incident notable. Katie avait refusé de quitter son appartement en dépit de l'insistance d'Edgar, et se promenait avec l'immense doberman dès qu'elle sortait de chez elle pour prendre des croquis, indifférente à la possibilité de rencontre de Shaun ou Kelly. L'énorme chien, contre toute attente, prenait son rôle très au sérieux et ne la quittait pas d'une semelle, s'allongeant à ses pieds en ne dormant que d'un œil lorsqu'elle dessinait des croquis au grand air.

Monsieur Guihéneuf assura de son côté s'être rendu tout exprès à la crique que Loulou avait indiquée et n'y avoir trouvé aucune trace d'un bateau, ce qui apaisa en partie Edgar.

Le libraire n'avait pas revu Yvon le Goat, et soupçonnait que celui-ci lui en voulait toujours pour ne pas l'avoir cru lorsqu'il était venu à la librairie. La seule fois où Edgar l'avait aperçu de loin, il marchait tête baissée et semblait préoccupé.

Malo commençait à se détendre, lui aussi, et Bénédicte de Chevillé téléphona à Edgar après cette période de calme relatif pour lui demander s'il lui semblait opportun de faire un peu de publicité à l'exposition en recevant quelques journalistes locaux, en lien avec la mairie. Celui-ci s'empressa d'accepter et était secrètement ravi de pouvoir mettre en lumière le travail de Katie, afin qu'elle ait moins l'impression que son séjour en Bretagne prenait des allures d'exil solitaire.

Les jours qui suivirent furent bien occupés, et Edgar s'employa à rédiger diverses annonces et à répondre aux questions de quelques périodiques afin de faire le maximum de publicité possible à l'évènement.

Katie semblait ravie de la mise en avant de ses toiles, et bien que le loueur de bateau de Quiberon, contacté par Malo, n'avait toujours pas récupéré son bien, Edgar commençait à se demander si, le temps aidant, Shaun n'avait pas renoncé à sa vengeance meurtrière. Après tout, le bon sens existait et il fallait compter avec lui.

La veille de l'évènement, Edgar se rendit à la galerie d'un pas primesautier, certain que tant que Katie serait entourée, elle ne risquerait rien. Il tomba presque nez à nez avec Yvon Le Goat, qui débouchait de la petite allée qui longeait le bâtiment. Celui-ci parut surpris de le voir, et Edgar profita de l'occasion pour le saluer et lui réitérer ses remerciements pour ses avertissements.

- Je suis ravi que cela ait pu vous aider, monsieur Spencer, répondit le vieux druide.

Cependant, il paraissait soucieux et demanda.

- A-t-on repéré ce jeune homme ?
- Non, il n'a pas été vu depuis lors, et nous devons nous en féliciter. Viendrez-vous à l'évènement de demain à la galerie ?

Edgar ne peut s'empêcher de se sentir soulagé lorsque celui-ci déclina, sa grande chevelure grise en désordre et ses vêtements aussi usés que négligés auraient quelque peu déparé dans le flot de l'assistance de vacanciers chics de septembre qu'Edgar attendait. Au moins aurait-il pu le faire passer pour un collègue artiste, se dit-il.

- Comment se remet votre petite protégée de cette histoire horrible ? demanda-t-il.
- Plutôt bien je dois dire, heureusement. Mais je crois qu'elle a toujours du remords d'avoir invité sa meilleure amie dans cette réunion soi-disant ésotérique.
- C'est compréhensible, elle ne pouvait pas savoir à l'avance ce qui arriverait. Ces jeunes, vous savez, dit-il avec feu, sont encore tellement influençables… et puis, lorsqu'on souffre d'un complexe d'infériorité, il est tellement facile de leur faire croire qu'ils sont les

êtres élus, les êtres choisis ou je ne sais quoi… toute cette histoire a été tellement tragique.

Se demandant à part lui ce que le bon vieux druide pouvait bien en connaître, Edgar approuva hautement.

- D'après ce qu'a dit Katie, Brendan a commencé à changer dès leur deuxième réunion. D'ailleurs, c'est également ce qu'ont dit les autres membres dans leurs dépositions. Il y avait une sorte d'élection pour savoir qui était le meilleur d'entre eux, et Brendan a refusé d'en communiquer les résultats. On ne peut qu'en déduire que la pauvre Erin l'avait supplanté…
- C'est ignoble, dit le veux druide frémissant. Tuer quelqu'un pour ces idioties… et a-t-on retrouvé le livre de sortilèges dont ils s'étaient inspirés ?
- D'après Katie c'était un petit cahier scolaire recouvert de gribouillis, de notes et d'illustrations de la part de l'oncle de Brendan… il n'a pas été découvert à son domicile ni à son casier du lycée, mais le pauvre type n'allait pas conserver une preuve aussi accablante contre lui. Brendan n'est pas si bête.
- Pourtant, il a bien conservé les robes et l'arme du crime, objecta le druide.
- Il n'a sans doute pas eu le temps de s'en débarrasser aussi avant que la police ne débarque, réfléchit Edgar.
- A mon avis, il l'a seulement bien caché, dit le vieux druide. Un adepte de ces rites affreux tire sa légitimité de ces maudites lignes, et ne voudra pas détruire ce recueil, quand même bien il s'agisse d'une preuve décisive contre lui. Au contraire, et c'est un signe de fanatisme, pour lui il s'agit d'un livre sacré, et il a développé un lien spécial avec lui…

Le vieux druide se parlait plus à lui-même qu'à Edgar, et sembla sortir d'un rêve.

- Mais je m'égare, monsieur Spencer. Ce que vous m'avez rapporté de cette affreuse histoire m'a sans doute beaucoup choqué.
- Vous savez, monsieur le Goat, point n'est besoin d'un livre de prétendus rites magiques pour avoir une idée fixe et se laisser entièrement dominer par elle... Tenez, regardez ce pauvre jeune homme, qui veut se faire justice lui-même en tuant une innocente.
- C'est vrai, répliqua-t-il d'une voix sourde, ce malheureux est lui aussi bien à plaindre... je comprends son besoin de justice, mais il ne s'y prend pas de la bonne façon. Espérons que nous réussirons à lui faire entendre raison, si on le retrouve.
- Il a pourtant l'air de se tenir au-delà de tout raisonnement normal.
- N'abandonnez pas trop vite, monsieur Spencer. Il a certainement des parents, des amis, qui ne voudraient pas avoir à lui rendre visite en prison pour les actions violentes qu'il pourrait commettre... il ne faut pas désespérer de réussir à calmer les choses.
- Eh bien, je vous souhaite bon courage pour y parvenir, mais je vous en supplie, si vous rencontrez Shaun un soir de pleine lune, n'essayez surtout pas de lui parler. En attendant nous allons renforcer au maximum les mesures de sécurité autour de Katie. Je n'ai pas voulu apprendre à Kelly, la sœur du coupable, où elle se trouvait. Elle croit dur comme fer à l'innocence de son frère, et c'est pour moi un nouveau motif d'inquiétude.
- Comment cela ? Elle aussi est arrivée d'Irlande à Kerdavallec ?
- Oui, elle s'est installée au camping, et cela ne me dit rien qui vaille.

- Vous avez bien raison, approuva Yvon Le Goat. En tous les cas je vous souhaite bonne chance pour la réception de cet après-midi, vous serez nombreux ?
- Une cinquantaine de personnes au moins, j'espère.

*****

Le soir venu, Edgar rentra fourbu de la petite réception qu'il avait montée. Ses pronostics s'étaient réalisés, et les participants de l'après-midi s'étaient davantage rapprochés de la centaine que de la cinquantaine. Deux autres tableaux de Katie avaient trouvé immédiatement preneur à cette occasion, ce qui n'était pas pour lui déplaire. Mais le vacarme incessant avait été assourdissant tout l'après-midi, et il aspirait maintenant au repos.

Vicky avait fermé la librairie à l'heure habituelle, aussi monta-t-il sans attendre dans son logement situé au premier étage de la librairie. Il était en train de déboutonner sa chemise lorsqu'on carillonna à la porte du bas. Un moment, il eut la tentation d'ignorer ce visiteur, mais la sonnerie se prolongea et retentit à deux puis trois reprises, montrant que le gêneur n'avait nulle intention de partir. Etouffant un énorme soupir de lassitude et d'ennui, Edgar descendit l'escalier pour se trouver face à une Katie secouée de sanglots, accompagnée de la mairesse Bénédicte de Chevillé et de Malo Kerven en uniforme.

- Que se passe-t-il ? demanda aussitôt Edgar.
- On s'est introduit chez Katie en son absence cet après-midi, quand elle assistait à la réception, expliqua Bénédicte en entourant les épaules de la jeune fille de son bras.
- Quoi ? On s'en est pris à vous ? C'est Shaun ?
- Non, le voleur est parti sans qu'on le voie, et Katie était en bas avec l'assistance, mais l'appartement a été mis sens dessus dessous, expliqua la mairesse.

- Mais est-ce que quelque chose a été volé ?
- Oui et non, répliqua Melo, mi-figue mi-raisin. Le voleur a ignoré l'argent de Katie et son passeport, mais il a emporté autre chose, et cela ne devait pas être si facile que cela à transporter…
- Qu'est-ce qu'il a pris ? s'étonna Edgar.
- Le portrait d'Erin n'est plus là. Et toute la chambre a été fouillée, on a même déplacé les meubles, soulevé le matelas et éventré la valise.

Katie, visiblement sous le choc, pleurait toujours à chaudes larmes dans les bras de la mairesse qui échangea un regard à la fois inquiet et contrit avec Edgar.

- Vous aviez raison, Edgar, et cette fois je n'ai pas laissé le choix à Katie, elle vient s'installer chez moi jusqu'à nouvel ordre.
- Aucun doute, c'est bien le jeune Shaun qui a fait le coup, ajouta Malo. Heureusement que Katie lui a échappé pour cette fois.

Chapitre 12 – Le premier meurtre

Toute fatigue provisoirement mise de côté, Edgar emboîta le pas à Malo pour installer Katie chez Bénédicte de Chevillé, qui occupait une des maisons les plus cossues du village, non loin des résidences secondaires construites récemment. La villa était protégée par une alarme chaque soir et jouissait de tout le confort.

Bénédicte de Chevillé accepta que Dojo, le fidèle compagnon improvisé de Katie, monte la garde la nuit dans son jardin, pourvu que Malo vienne le récupérer chaque matin pour sa promenade et que Katie s'occupe de lui.

Le policier et Edgar partirent ensuite de concert vers la galerie encore encombrée des restes de petits fours et de gobelets en plastique de la réception. Sophie, aidée d'Enzo était en train de fourrer le tout pêle-mêle dans de gros sacs poubelle avant de fermer les locaux.

- Ah, monsieur Spencer ! s'écria-t-elle dès qu'elle le vit. Il n'y a aucun doute que c'est Katie qu'on visait, heureusement qu'elle n'est pas remontée dans son appartement pendant le vernissage pour une raison quelconque… il fallait tout de même avoir un sacré culot pour s'introduire chez elle ainsi en plein jour. Normalement, il est certain qu'il serait tombé sur elle en train de peindre… elle l'a échappé belle.

- Qu'est-ce que c'est que ce malade, au juste, monsieur Spencer ? demanda Enzo, soupçonneux. Parce que s'il revient et trouve Sophie seule à la galerie, ça n'est pas de bon augure pour elle non plus.

Edgar le calma en quelques mots, et lui donna des explications sur le motif de la vengeance de Shaun. Il ne le laissa pas entièrement rassuré, mais dut suivre Malo qui montait par l'escalier latéral de la galerie jusqu'à la porte de Katie. Tous deux enfilèrent des gants, puis Malo s'agenouilla, et inspecta avec soin la serrure avant d'entrer.

- Elle n'a pas été forcée, conclut-il enfin. Ce n'est pas par-là que le cambrioleur est entré. Voyons… il tourna la clé dans la serrure et pénétra dans le petit appartement que Katie occupait, devant un spectacle de désolation. Tout le mobilier du logement pourtant succinct avait été inspecté et jeté, ou renversé, le matelas retourné sur le cadre de lit vide et la literie en boule, l'armoire grande ouverte et les vêtements épars dans toute la pièce. Les tiroirs de la commode béaient, et celle-ci avait même été déplacée du mur. Edgar buta dans la valise ouverte de Katie à terre, qui avait été lacérée, et constata effectivement que seul le portrait d'Erin semblait manquer à la pièce. La fenêtre, à côté des affaires de peinture de Katie, était grande ouverte sur un soleil de soirée qui rougeoyait dans la pièce, et Malo se pencha au-dehors, puis fit une grimace expressive.
- S'il est entré par-là, ce jeune irlandais a raté sa carrière de cambrioleur, observa-t-il. Il y a de quoi se rompre dix fois le cou.

De fait, la fenêtre n'offrait aucun balcon ou prise extérieure, et se trouvait à quatre bons mètres du sol.

Edgar regardait quant à lui la pièce dévastée.

- Kate a dû avoir un sacré choc lorsqu'elle est remontée dans son appartement. Shaun n'y est pas allé de main morte.
- Ça, vous pouvez le dire, fit Malo en refermant la fenêtre. Il a forcément dû passer par là, car il n'y a pas d'autre explication, mais il n'a pas eu froid aux yeux. A moins qu'il ait disposé d'une échelle… Nous ferons un relevé d'empreintes tout à l'heure. Ne pensez-vous pas que cette jeune irlandaise au camping pourrait également y être pour quelque chose ?

- Cela m'étonnerait. Kelly n'a aucun matériel avec elle pour grimper à la fenêtre, ni de motif pour s'en prendre aux possessions de Katie. C'est à sa personne qu'elle en veut. Que comptez-vous faire ?
- Oh… la procédure habituelle, grommela Malo.

Il ajouta sans raison apparente.

- Bien sûr, dès que j'ai appris cette effraction, j'ai prévenu Manon à Vannes. Elle est sur le chemin de Kerdavallec.
- Vous avez très bien fait, répliqua Edgar, pince sans rire. Pourtant, je ne m'explique pas quelque chose…
- Quoi donc ?
- Qu'est-ce que le voleur cherchait *vraiment* à votre avis ? Car le portrait d'Erin était bien placé en évidence sur la commode. Il n'y avait pas besoin de tout déranger pour le trouver.
- Peut-être voulait-il intimider Katie ou l'effrayer ?
- Possible, répliqua Edgar, peu convaincu. Ou peut-être cherchait-il le fameux livre de sortilèges, celui que Brendan a hérité de son oncle… mais qu'est-ce que Shaun en aurait fait ? Si Kelly continue à croire à ces sornettes, c'est plutôt elle qui aurait un motif… mais pourquoi Katie l'aurait-elle eu en sa possession ?
- Brendan le lui a peut-être confié avant d'aller en prison, suggéra Malo.
- Même si c'est le cas, pourquoi l'aurait-elle emmené avec elle en Bretagne ? Et pourquoi Shaun perdrait-il autant de temps à le chercher ? Si quelqu'un devait détester ce maudit recueil, c'est bien lui ! Est-ce que Katie a dit que quelque chose d'autre lui manquait, à part le portrait ?
- Non, rien. Elle était sous le choc, mais je pense que c'était plutôt à cause du tableau.

- Si les amateurs veulent bien laisser les professionnels agir, maintenant ? demanda une voix claire et coupante que les deux hommes reconnurent aussitôt.
- Bonjour, madame l'inspectrice, dit aussitôt Edgar, qui se tourna vers la silhouette qui s'encadrait dans la porte

Lorsque Manon Lascaux s'avança, Edgar vit qu'elle avait repris ses vieilles habitudes de se montrer systématiquement désagréable, prenant cela pour des marques d'autorité ou de rigueur. Elle arborait un tailleur pantalon strict et une coiffure carrée où pas un cheveu ne dépassait, et n'accorda pas un regard à Malo mais tança directement le libraire, déversant visiblement sur lui sa mauvaise humeur.

- S'il y a eu effraction, vous n'avez rien à faire ici.
- Malo m'a demandé de vérifier si rien ne manquait, et j'y allais justement, riposta Edgar.

Sur le seuil, il ôta ses gants et souffla d'énervement. Que ces deux-là se débrouillent pour s'entendre. Riri, Fifi et Loulou étaient bien les seules – avec Vicky, peut-être – à trouver ce feuilleton de mélodrame romantique divertissant… quant à lui, les méandres amoureux incessants de cette relation l'exaspéraient au plus haut point. Quelles nouilles. Il n'était pourtant pas si difficile de se faire des concessions mutuelles, non ?

Saisissant l'occasion, il revint chez Bénédicte de Chevillé qui avait fait boire d'autorité à Katie une tasse de thé dans l'intervalle, et la trouva beaucoup plus calme, assise avec son hôtesse dans le salon. Il en profita pour lui poser la question tout de suite.

- Katie, le portrait d'Erin a disparu et on peut comprendre que Shaun lui soit sentimentalement attaché, mais votre appartement a été mis sens dessus dessous alors que le portrait était bien visible… le cambrioleur devait chercher autre chose.

- Pourtant, rien d'autre n'a été pris, il me semble en tout cas, s'étonna-t-elle.

Edgar s'en voulait de ramener cette veille histoire de rites celtiques sur le tapis, mais demanda.

- Vous vous rappelez de… hum ! du livre que l'oncle de Brendan avait laissé derrière lui, peut-être Shaun espérait-il le découvrir dans vos bagages ?
- Et qu'en aurait-il fait ? déclara-t-elle, de plus en plus étonnée. Et pourquoi Brendan me l'aurait-il confié ? Nous ne nous sommes pas vus ni parlé depuis le procès.
- Et Kelly ?
- Kelly ? Elle est ici, elle aussi ?

Edgar se maudit instantanément de sa bourde, et lui expliqua les raisons de la venue de Kelly au camping de Kerdavallec.

- Je n'ai pas besoin de vous recommander la plus grande prudence, ajouta-t-il sévèrement. C'est peut-être elle qui a fait ce cambriolage.

Katie avait l'air dubitative.

- Je ne connais presque pas Kelly... pourquoi viendrait-elle ici, en Bretagne ?
- Et si c'était elle, le véritable assassin d'Erin ? Elle cherche peut-être à faire innocenter son frère pour cette raison. Après tout, j'ai compris qu'elle en était jalouse car Erin avait tapé dans l'œil de son ami…
- On ne tue pas pour cela, voyons.
- Détrompez-vous. Les faits divers regorgent d'histoires de ce genre.
- Mais pourquoi Brendan se serait-il ainsi accusé ?
- Peut-être pour la protéger, s'il la sait coupable. Ce qui expliquerait qu'on ait retrouvé l'arme du crime chez lui.

- Admettons, convint Katie de mauvaise grâce. Pourtant, je ne pense pas que l'amour fraternel aille jusque-là chez lui.
- De grâce, soyez prudente, Katie. Et si ce n'est pas elle, voyez-vous autre chose que Shaun aurait cherché dans vos affaires ?

Après quelques instants de réflexion, Katie secoua la tête.

- Non, rien… oh !

Elle s'interrompit net, et posa ses yeux gris agrandis par la surprise et la peur sur Edgar.

- Après… après toute cette histoire, je suis allée chercher le journal intime d'Erin chez elle. J'étais la seule à en connaître la cachette, voyez-vous, et je ne voulais pas que quelqu'un d'étranger le lise, même pas ses parents. C'était pour respecter son intimité, vous voyez ?
- Et vous ? demanda aussitôt Bénédicte de Chevillé. L'avez-vous lu ?
- Non, pour les mêmes raisons. Jamais je n'aurais lu des lignes qu'Erin voulait garder pour elle seule. Je… je voulais le détruire à la première occasion, mais je ne m'y résolvais pas. J'aurais eu l'impression qu'un de mes derniers liens avec Erin aurait disparu pour de bon…
- Et où était-il, ce journal ?
- Il se trouvait dans la valise, dans le fond il y a une glissière presque invisible sur une deuxième épaisseur. Je ne le l'avais pas sorti lorsque j'ai défait mes bagages, il était resté à l'intérieur.
- Votre valise a été éventrée au couteau, l'informa sombrement Edgar. Ce qui veut dire que le journal d'Erin a disparu. Katie, je vous en conjure, ne l'avez-vous pas lu, même en partie ?

- Un jour, Erin m'en a lu le début. C'étaient ses impressions sur notre journée de rentrée au lycée. Il n'y avait rien d'intéressant.
- Mais ne comprenez-vous pas ? s'exclama Edgar, irrité. Elle a probablement noté ses impressions sur ce groupe de rencontres celtiques, sur qui lui faisait de l'œil ou avait un comportement étrange, et peut- être même…

Il s'interrompit sur le coup d'une inspiration subite.

- Peut-être lui aurait-elle confié ses sentiments vis-à-vis de Shaun… si elle avait décidé de le quitter, n'aurait-il pas été fou de rage ? Et si c'était lui le meurtrier ce soir-là, en profitant de l'instant où Brendan s'est éloigné ?

Katie le regardait, yeux agrandis par la peur.

- Vous voulez dire que… mais alors, pourquoi Brendan aurait-il avoué ?
- Il a nié au début, souvenez-vous en. Shaun a pu exercer un chantage sur Brendan, car ils étaient liés depuis l'enfance… ou si Kelly est la vraie coupable, comme je l'ai dit il veut protéger sa sœur. Ce qui explique son revirement par la suite. Nous avons deux autres coupables potentiels de ce crime à Kerdavallec, et ils veulent tous deux vous retrouver.

Bénédicte de Chevillé avait mis la main devant sa bouche, tout aussi horrifiée que Katie.

- Concernant Shaun et Kelly, il peut s'agir du motif de vous suivre jusqu'en Bretagne… le vrai coupable a dû être soulagé en voyant qu'il n'avait pas été arrêté, preuve que personne n'avait lu le journal en question… et puis, il ne pouvait pas être sûr que celui-ci l'incriminait, à moins de l'avoir lu lui aussi… peut-être que Shaun ou Kelly connaissaient la cachette, et après la mort d'Erin et la condamnation de Brendan, l'un ou l'autre est venu chercher et détruire le seul document qui pouvait l'accuser. Mais la cachette était vide. Et alors…

Edgar s'interrompit, et fronça les sourcils.

- Shaun est allé trouver Brendan à la prison le jour où il nous a pris pour cibles à Goddard Park, Kelly est certainement passée le voir aussi… peut-être que celui-ci a révélé que vous aviez pris le journal de votre amie. Dès ce moment, ils n'ont de cesse de le retrouver et vous éliminer par la même occasion, car ils pensent que vous l'avez lu. Oui, ça colle bien.
- Il y a beaucoup de « peut-être » dans vos conclusions, Edgar, objecta la mairesse. Vous ne pouvez pas être sûr de cette hypothèse. Brendan connaissait-il l'existence de ce journal ?

Après quelques instants, Katie fit « oui » de la tête.

- J'en avais parlé un jour, disant que les impressions d'Erin du lycée m'avait beaucoup fait rire.
- Vous voyez, Bénédicte ? C'est une des théories qui expliquent tout. Shaun ou bien Kelly sont peut-être le meurtrier que recherche la police irlandaise depuis le début, conclut Edgar avec feu.

Comme il parlait, une longue silhouette maigre en soutane se dessina devant lui. ? Qu'avait dit le père O'Leary au sujet de Shaun, déjà ?

« Je m'inquiète pour lui. Il est de tempérament fougueux et peut faire un bêtise monumentale ». Avait-il suspecté la vérité ?

Chapitre 13 – Sale temps pour les druides

Edgar se promettait de partager son hypothèse avec Malo à la première occasion, mais craignant de tomber sur lui accompagné de la redoutable inspectrice venant interroger Katie, il prit congé de chez Bénédicte de Chevillé assez vite, non sans lui avoir réitéré ses consignes de prudence. De retour chez lui, cette fois véritablement harassé par tous les évènements de la journée, Edgar constata avec surprise qu'un mot avait été glissé sous sa porte. Il s'agissait d'une feuille de bloc-notes tout à fait banale pliée en deux, sur laquelle on pouvait lire ces mots tracés à la hâte.

« J'ai des révélations à vous faire. Venez si cela vous est possible demain chez moi à la première heure. C'est très important. N'en parlez à personne. Merci. »

C'était signé Yvon Le Goat. Un instant, Edgar se demanda si le druide ne cherchait pas à nouveau à faire parler de lui, mais il devait reconnaître que la première intuition du brave homme s'était révélée juste et avait fait avancer l'enquête. Il se promit d'aller faire un tour avant l'ouverture de sa librairie le lendemain, puis gravit les marches de son logis.

Un petit moment plus tard, sa tête touchait à peine son oreiller qu'il s'endormait profondément.

*****

Dorothy le secouait énergiquement, mais Edgar dormait toujours et émit plusieurs protestations que sa femme ignora superbement.

- Tu ne m'as pas souhaité bonne nuit, cette fois-ci, dit-elle en désignant son portrait qui trônait sur la table de nuit.

Ce n'était pourtant pas un reproche, tout en elle n'était que bienveillance. Cependant, Edgar sentit qu'il était de son devoir de s'excuser. Fugitivement, il se demanda comment il avait fait pour se retrouver à nouveau dans sa chambre luxueuse à Goddard Park.

- Désolé, Dottie chérie, marmonna-t-il, j'ai tellement d'ennuis avec ces irlandais de malheur en ce moment…
- Je sais, coupa-t-elle en secourant la tête, ses longs cheveux ondulés virevoltant avec grâce autour d'elle. Ne t'avais-je pas dit un millier de fois qu'ils portaient la poisse ? De t'en méfier au maximum ?
- Mais c'est pour toi que je suis venu jusqu'ici, répliqua-t-il, légèrement froissé. Pour me réconcilier avec ta famille, n'était-ce pas ce que tu avais secrètement désiré, toutes ces années ?
- Arrête donc de me parler de ce que je désirais ! Que veux-tu que cela me fasse, maintenant ? L'important est de te sortir de là !
- Oh, tout cela ne me concerne pas vraiment, non ? J'essaye juste de rendre service.
- Ecoutez donc Dorothy, je vous en prie, intervint une voix claire qui retentit derrière sa femme. Vous ne savez pas dans quoi vous mettez les pieds, Monsieur Spencer. Prenez garde à vous, maintenant.

Edgar Spencer regarda avec ahurissement Erin Finley, qui s'était matérialisée à côté de sa femme Dorothy, tandis que celle-ci lui tenait affectueusement les épaules. Aussitôt, il lui demanda :

- Erin, comment votre assassinat s'est-il passé ? Qui vous a tuée ? C'était vraiment Brendan, ou bien s'agissait-il de Shaun ou alors Kelly ? C'est important de me le dire !

Mais Erin échangea un regard complice avec Dorothy, et celles-ci reculèrent et se dirigèrent vers la porte. Edgar essaya de les suivre en les suppliant de rester, mais une douleur aigüe le traversa et il lui fallut quelques secondes avant de se rendre compte que son cœur battait la chamade et que son front ruisselait de sueur. Il revint à lui complètement, et constata qu'il était tombé de son lit et gisait sur la moquette heureusement moelleuse, avec des draps en désordre autour de lui.

Son rêve paraissait tellement réel… il se passa la main sur le visage, et s'ébroua. Quel cauchemar… il chercha de la main l'interrupteur et alluma sa lampe de chevet à la clarté douce, pour se retrouver à Kerdavallec dans son environnement familier. En regardant l'heure sur la petite table, son regard accrocha le portrait de sa femme Dorothy placé juste à côté, et son cœur se serra. Elle était apparue tellement réelle dans ce songe… C'était la première fois qu'il rêvait d'elle depuis qu'elle était partie, ou du moins la première fois où il se souvenait d'elle avec une telle vivacité.

- Désolée, Dottie chérie, murmura-t-il pour lui-même. Je te promets de faire bien attention à moi.

On verra bien ce que demain apportera, se dit-il en s'allongeant de nouveau.

Il aurait cru ne jamais pouvoir se rendormir après cela, mais cinq minutes plus tard avait replongé de plus belle dans les bras de Morphée.

*****

Bâillant à s'en décrocher la mâchoire, le bras d'Edgar sortit du lit et arrêta son réveil avec un grognement indistinct. Ouvrant un œil, il constata avec dépit qu'il était plus d'une heure avant le moment de son lever habituel, et s'apprêtait à se retourner et se rendormir sans autre forme de procès lorsqu'un signal d'alarme retentit dans sa tête. Il avait avancé son réveil exprès la veille au soir, avant de rêver de Dorothy, pourquoi déjà ? Ah oui, ce druide…

Maugréant, il s'extirpa du lit et coula un regard affectueux à Dottie qui le regardait toujours de son sourire figé depuis la table de nuit.

- Bonjour, chérie. Le devoir m'appelle, marmonna-t-il à son attention.

Moins d'une demi-heure plus tard, lavé et rasé de frais, il dévalait d'un bon pas la grande rue de Kerdavallec, aux fenêtres closes et au silence de plomb, mis à part quelques chants d'oiseaux dans le lointain. A cette heure, l'inactivité était totale. Edgar se réjouissait à part lui, car il allait pouvoir tirer à son tour de son lit l'encombrant druide, ce qui dissuaderait certainement le vieil herboriste de venir solliciter des entretiens intempestifs à l'avenir. Arrivé dans le quartier où se tenait la maison des Bronnec, une légère brume venue de la mer rendait l'atmosphère un peu fantomatique. Edgar eut l'impression de faire un raffut épouvantable en repoussant le portail de l'entrée de la petite maison d'Yvon Le Goat. Il sonna plusieurs fois à la porte sans résultat, et s'apprêtait à partir lorsqu'il vit que les rideaux de la pièce de droite n'avaient pas été tirés, ni les volets mis. Il se décida à jeter un coup d'œil dans la pièce avant de repartir à sa librairie, déçu d'être venu pour rien.

Il lui fallut quelques minutes pour s'accoutumer à la pénombre de la pièce, mais il finit par distinguer une grande cheminée noircie dans un coin décorée d'instruments en cuivre, quelques meubles de salon très ordinaires et une table qu'entouraient quatre chaises sculptées bretonnes, et où restaient quelques verres et une bouteille abandonnés. Edgar allait quitter les lieux lorsque quelque chose qui dépassait d'une chaise attira son attention. C'était une chaussure, mais elle formait un angle extraordinaire avec le sol et Edgar comprit que la chaise qui était face à lui et dont le dossier dissimulait presque entièrement son occupant n'était pas vide.

Il y avait fort à parier que le vieux druide s'était assis là et l'avait attendu toute la soirée, peut-être même toute la nuit, et avait fini par sommeiller et s'endormir sur place.

Edgar frappa plusieurs fois assez énergiquement au carreau sans résultat. Il poussa la fenêtre, qui n'était heureusement pas fermée et s'ouvrit sans effort.

- Eh bien, Monsieur Le Goat ! Vous ne m'avez pas entendu ? Ça fait une heure que je tambourine à votre porte ! s'écria-t-il.

Quelque chose dans l'absolu silence qui lui répondit l'inquiéta. Avec deux ou trois efforts, il enjamba la fenêtre et se dirigea tout droit vers la forme immobile qui ne réagit pas à son approche. Pourtant, elle était tombée en avant sur ses bras croisés, et il ne faisait pas de doute qu'elle avait dû s'endormir ainsi. Avait-il fait un malaise ?

Edgar posa la main sur son épaule et la retira comme s'il venait de recevoir une décharge électrique. L'épaule était glacée. Surmontant sa répugnance il toucha l'artère carotide mais dut se rendre à l'évidence, la mort avait fait son œuvre et remontait certainement à plusieurs heures.

Il y avait quelque chose d'angoissant à se trouver ainsi avec un cadavre dans une maison vide et par un silence total, aussi se dirigera-t-il vers le vestibule dans l'intention de prévenir Malo, avant de se souvenir qu'Yvon Le Goat n'avait pas le téléphone.

Il fouilla fébrilement dans sa poche et retrouva son téléphone mobile, qu'il avait heureusement emmené machinalement avec lui. La sonnerie dura assez longtemps avant que Malo ne décroche, même pour lui il était trop tôt pour sa promenade quotidienne avec ses chiens sur la plage.

- Comment, c'est vous Edgar ? grogna-t-il d'une voix ensommeillée à son oreille. Que se passe-t-il, cette fois ?
- Bonjour, Malo. Désolée de vous réveiller si tôt. C'est Yvon Le Goat, le… enfin, le botaniste amateur que

nous avons déjà rencontré. Il m'a donné rendez-vous hier soir chez lui en me demandant de venir le plus tôt possible aujourd'hui, j'ai donc fait un saut à son domicile avant d'ouvrir la librairie. Je viens de le retrouver mort dans son salon.

- Vous auriez pu attendre un peu avant de me prévenir, grommela Malo avec un manque total de charité, en étouffant un immense bâillement. Je ne peux rien faire de plus pour lui, et il sera encore mort dans une heure, non ?
- Vous avez raison, mais je ne sais pas trop quoi faire lorsqu'on découvre un cadavre. Et puis, je n'ai pas envie de faire le pied de grue ici pendant des heures. Il faut que j'aille ouvrir bientôt.
- C'est qui, l'imbécile qui nous réveille ? ronchonna alors une voix lointaine et ensommeillée dans l'appareil.

Edgar, stupéfait, en lâcha son portable qui tomba sur le sol avec un bruit mat. *Manon Lascaux* ? Elle avait passé la nuit avec Malo ? Il rendit mentalement hommage à la perspicacité de Vicky ainsi qu'au trio Riri, Fifi et Loulou qui avaient prédit leur réconciliation à brève échéance. Décidément, les amours des jeunes lui paraissaient tout aussi incompréhensibles que des hiéroglyphes égyptiens. A coup sûr, il se serait découvert plus d'affinités avec des indigènes de la Papouasie Nouvelle-Guinée. Hochant la tête, pas encore revenu de sa surprise, il s'agenouilla et ramassa son mobile lorsqu'un détail saugrenu attira son attention. Il semblait qu'Yvon ait renversé sur lui la boisson devant laquelle il attendait son invité, car ses cuisses et le tapis du sol étaient recouverts de liquide sombre. Edgar y trempa précautionneusement le bout de son doigt, puis agrippa son mobile à la vitesse de la lumière.

- Malo ! Manon ! cria-t-il, faisant fi de toute prudence. Venez *tout de suite* ! Tout de suite, vous m'entendez ? On l'a assassiné !

Chapitre 14 – Le druide qui en savait trop

Hagard, Edgar était assis dans la voiture de police qui était arrivée quelques minutes plus tard. Le matin restait frais, et une brise vivifiante sentant l'iode venait tonifier son visage. Malo et Manon, tous deux aussi débraillés l'un que l'autre en uniforme et tenue de ville, se trouvaient à l'intérieur et effectuaient les premières constatations en attendant la médecine légale et les équipes que Manon venait d'appeler en renfort à Vannes.

Finalement, ils sortirent, tous deux assez pâles, et fermèrent la maison à clé. Celle-ci était en effet restée ouverte toute la nuit, ce qui ne facilitait pas la tâche sur l'identification du mystérieux assassin d'Yvon Le Goat. Frissonnants tous deux dans l'ait vif du matin, ils rejoignirent Edgar qui attendait toujours sur la banquette arrière.

- Ce n'est pas beau à voir, résuma Malo s'appuyant à la portière ouverte. Il devait être assis en face de son meurtrier, et ils devaient se parler lorsque l'autre l'a abattu de sang-froid. Une seule balle en plein cœur, net et sans bavure. Elle a traversé le corps et s'est fichée dans le siège derrière lui, on attend les collègues pour l'en retirer. Il s'est abattu en avant et l'assassin a croisé ses bras sous son torse pour donner l'impression de l'extérieur qu'il s'était endormi en cuvant son vin. Il espérait sans doute retarder la découverte du corps.

- C'est donc quelqu'un qu'il connaissait, chevrota Edgar, encore mal remis de son émotion. Avez-vous une idée de la personne qui lui faisait face ?
- Il a sorti une bouteille et deux verres sur la table, donc il ne s'attendait pas à cela de son interlocuteur.
- Vous sentez-vous assez remis pour nous faire une déposition, Edgar ? intervint Manon.

Le prénom et la voix empreinte de bienveillance avaient dû lui échapper, mais Edgar regarda mieux Manon et constata qu'elle aussi avait la lèvre plissée de révulsion et les traits tirés. Découvrir un cadavre baignant dans son sang de bon matin avait de quoi bouleverser n'importe qui, surtout sur un estomac vide. Edgar essaya de se remettre de sa propre émotion, et leur proposa d'un ton ferme.

- La boulangerie de la rue du bourg vient d'ouvrir, je vais d'abord aller nous acheter quelque chose, si vous voulez bien. Ensuite nous pourrons discuter à tête reposée. Gardez la scène du crime, j'en ai pour cinq minutes.

- Mais…

Malo balaya l'objection que Manon allait soulever d'un geste.

- Edgar a raison, Manon. Cela nous fera du bien à tous.

Quelques instants plus tard, tout en mordant à belles dents dans un croissant chaud, ce qui amoindrissait quelque peu le côté formel de son interrogatoire officiel, Manon demanda :

- Comment vous êtes-vous retrouvé aussi tôt ici, Edgar ?

Edgar avala sa propre bouchée et constata que tous les trois avaient repris quelques couleurs, et un semblant de contenance. Il répéta l'histoire du mot trouvé sous sa porte la veille au soir, en le lui tendant.

- Mm ! murmura-t-elle en le parcourant. Il ne vous dit rien sur le sujet de l'entretien, avez-vous des idées là-dessus ?
- En lisant sa note, j'ai pensé qu'il avait peut-être revu Shaun lors de ses virées nocturnes, ou qu'il lui avait parlé, et voulait me tenir au courant, mais ce n'est qu'une supposition gratuite de ma part. Il m'avait dit en tout cas que s'il croisait de nouveau son chemin, il essaierait de lui parler.

Malo prit de ses mains gantées un bout de papier qu'il déplia soigneusement, et le montra au libraire.

- J'ai grand-peur que vous n'ayez raison, Edgar. Nous avons trouvé ceci dans sa poche. C'est écrit en anglais, écoutez-moi ça.

Le mot était griffonné d'une écriture malhabile d'écolier et Malo lut à haute voix le message, avec un accent à couper au couteau, qui se traduisait ainsi :

« *A partir de maintenant, fais très attention à toi et à ce que tu fais. Si tu parles à quelqu'un, tu es un homme mort. S.K.* »

- *S.K.* ? répéta Edgar. Shaun Kilkenny, je présume ?
- Ça m'en a tout l'air, répliqua Malo d'un air sombre. Yvon Le Goat avait bien dû le rencontrer et échanger avec lui, pour que le jeune irlandais le menace ainsi. Mais vous ne devriez pas non plus abandonner la piste de Kelly au camping d'à-côté.
- Il me disait qu'il parlait bien anglais, et je ne l'ai pas cru sur le moment, mais apparemment je me trompais. Le vieux druide a dû essayer de le raisonner… je lui avais pourtant bien dit que c'était dangereux… et s'il était le véritable meurtrier d'Erin, il ne pouvait pas se permettre un témoin qui aurait pu le dénoncer…
- Il aurait dû vous écouter, et ne pas se mêler de cette histoire, dit Manon, qui recouvrait peu à peu ses manières péremptoires habituelles. Nous n'aurions pas eu son cadavre sur les bras.
- Il ne devait pas penser que Shaun mettrait sa menace à exécution, et a dû vouloir le revoir une fois encore. S'il lui a appris son intention de me mettre au courant de sa présence, alors il a scellé son arrêt de mort. Pauvre homme…

A cet instant, une ambulance ainsi qu'une voiture de police pénétrèrent sur le chemin qui menait à la maisonnette, et Edgar se leva.

- Je vous laisse avec vos collègues, si vous n'avez pas d'autres questions.
- Retournez à la librairie, Edgar, approuva Manon qui continuait à faire preuve d'une gentillesse inhabituelle. Nous passerons vous voir tout à l'heure.

Edgar quitta les lieux en se disant qu'il aurait dû acheter des croissants à Manon Lascaux des années plus tôt.

*****

Dès que possible à son retour, il avait passé un coup de fil à la cure, tenant à informer le père Gildas du crime au plus vite, et le vieux prêtre semblait tout aussi affecté que lui par la perte tragique de son ami.

- Pauvre vieil Yvon… lui qui n'aurait pas fait de mal à une mouche, dit-il, la voix brisée. La vie est parfois bien injuste, monsieur Spencer. Qui se serait attendu à une pareille chose ici ? Mais, dites-moi… ce n'était au moins pas une mise en scène rituelle, comme dans le crime de cette pauvre jeune fille en Irlande ?
- Non. Je m'en veux de vous apprendre ceci, mais on lui a tiré une balle en plein cœur. Au moins, la mort aura été instantanée, il n'a pas souffert.
- C'est horrible… horrible…
- Dites-moi, mon père, demanda Edgar, traversé par une pensée soudaine, est-ce qu'Yvon parlait bien l'anglais ?
- Assez bien je crois, répondit-il d'une voix neutre, il a participé à des… hm ! des sortes de réunions de druides au Pays de Galles, et il recevait parfois d'étranges visiteurs de là-bas… il parvenait toujours à se faire comprendre, en tout cas.
- Je vois. Merci, père Gildas. Encore toutes mes condoléances pour la perte de votre ami.

- Merci, monsieur Spencer. Je vais prier pour son âme, et espère que son meurtrier sera arrêté très vite.
- Je l'espère aussi.

Edgar était empli d'une indicible tristesse pour le destin du vieil homme, dont le seul crime avait été d'essayer d'arranger les choses. Mais on ne raisonne pas un fou furieux…

Lorsque Malo et Manon pénétrèrent dans la librairie en fin d'après-midi, Vicky et les trois canetons encadraient Edgar qui, bien qu'il s'en défendît, avait reçu un choc assez désagréable par sa découverte macabre du matin. L'aura de « celui qui avait découvert le corps » l'entourait comme une chape, et il avait dû répondre à de multiples questions toute la journée. Il avait résolu de jouer franc jeu avec Riri, Fifi et Loulou car ses trois vieilles amies pouvaient lui amener des renseignements intéressants sur les habitudes du vieux druide, ou son emploi du temps des jours précédents. Il ne doutait pas qu'elles se mettent aussitôt en chasse. Il en profita pour leur demander sans avoir l'air d'y toucher des nouvelles de la campeuse aux cheveux roses.

- Elle furète partout dans le village, nous a-t-on dit, sur la plage et ailleurs. Elle semble chercher quelque chose ou quelqu'un, lui apprit Riri.

Les trois vieilles femmes disparurent presque aussitôt après l'arrivée des policiers, mais Vicky resta et s'adressa directement à Malo après leur départ.

- OK. Je n'ai pas voulu parler devant Riri, Fifi et Loulou, mais Dylan m'a appelée de l'hosto tout à l'heure. Est-ce que c'est vrai ?

Le visage de Malo se rembrunit.

- Il semble que oui. Edgar n'est pas encore au courant.

Manon avait recouvré ses manières brusques habituelles, et appliqua sévèrement un doigt sur ses lèvres en fronçant les sourcils en direction de Vicky.

- Si vous savez que l'arme du crime était ancienne, n'allez pas le répéter. Nous attendons le rapport final de la balistique pour le confirmer. Cela peut amener des tas d'ennuis à Malo.

- Mais de quoi parlez-vous ? s'étonna Edgar.

Le policier prit un air grave, et se tourna vers le libraire.

- Yvon le Goat a été tué avec une arme de poing, dont le calibre était assez large. C'est une arme de guerre, et pas un fusil ou une carabine comme en ont les chasseurs d'ici. J'ai vu la balle lorsqu'ils l'ont extraite de la chaise, et j'ai aussitôt vérifié chez moi avec Manon.
- Mais pourquoi chez vous ?
- Un seul habitant de Kerdavallec possède une arme semblable, et c'est moi, fit-il sombrement.
- Malo a deux ou trois armes anciennes, expliqua Manon, qu'il a achetées sur des brocantes, et il les a rafistolées.
- Il semblerait que l'une d'elles manque, et pourrait correspondre au tir, expliqua sobrement Malo. Ce qui veut dire que sous réserve de confirmation de la balistique, je risque d'avoir pas mal de soucis. Cette arme n'était pas déclarée, voyez-vous. En fait, je ne pensais même pas qu'elle soit encore en état de marche, même si je l'avais nettoyée. Les munitions étaient rangées à part, mais le placard ne fermait pas à clé. Celui qui l'a prise n'a eu qu'à se servir.
- Mais comment Shaun ou bien Kelly se seraient-ils introduits chez vous pour voler cette arme ? demanda Edgar, avant de se mordre la lèvre.

Il venait de se souvenir que Yann Poulpiquet, ou n'importe quel autre habitant du village, prenait la clé qui se trouvait sous le pot de fleurs, à côté du paillasson, pour aller promener les chiens en l'absence de Malo. Il ne fallait pas plus de deux minutes à quelqu'un pour la trouver.

- Et comment aurait-il su qu'il y avait des armes chez vous, Malo ?

- Ces Irlandais ne sont pas stupides, grommela Manon. L'un ou l'autre est allé vérifier tout de suite chez le policier local s'il y avait une arme à disposition, conclut Manon. Shaun a dû apprendre ton existence par Yvon Le Goat, et Kelly en posant simplement la question autour d'elle. C'est le premier endroit que j'aurais aussi visité, si j'avais été à la place de quelqu'un décidé à commettre un meurtre.
- Mais pourquoi ? Shaun aurait emmené sa propre arme d'Irlande, tout de même ! Celle avec laquelle il nous a tiré dessus à Goddard Park !

Les deux policiers secouèrent la tête.

- Justement non, il devait penser que c'était trop risqué, affirma Malo. Il suffit qu'Yvon lui ait parlé de mon existence, et s'il l'a rencontré, ce druide l'a probablement fait pour le mettre en garde. La maison est déserte toute la journée. Rien de plus facile que de se servir, et de cette manière l'arme du crime ne le reliait pas à l'assassinat. C'était rudement bien combiné au contraire. Et si nous avons affaire à Kelly, c'est encore plus vrai. Nous avons affaire à un criminel qui ne manque pas d'intelligence ni de ruse. Et si Shaun vit toujours sur son bateau, il reste indétectable…
- Ne pouvez-vous mettre au moins Kelly sous surveillance ?
- A quel titre ? Se promener dans le village n'est pas un crime, rétorqua Malo.
- Est-ce que vous avez trouvé quelque chose d'intéressant chez Yvon Le Goat ? Vous avez perquisitionné la maison ?

Les deux policiers échangèrent un regard dégoûté.

- Beaucoup de bric-à-brac et de vieilleries, pour tout vous dire. Il n'était pas très soigneux.

- Des espèces de pamphlets, ou des livres moisis sur les rites des anciens Celtes, il y en avait à profusion, fit Manon en hochant la tête. Beaucoup d'herbes séchées tête en bas dans le cellier, aussi, qui était aménagé comme une sorte de laboratoire rudimentaire. Nous avons même découvert une vieille serpe dans ses outils. Pour le reste, rien à signaler. Le frigo était presque vide, et il avait une assez vieille voiture en état de marche avec laquelle il se rendait sur les marchés.
- En fait, le seul objet moderne qui se trouvait chez lui était une échelle dépliable en métal qui permet d'aller assez haut, sourit Malo. Il devait devenir difficile avec l'âge d'aller cueillir le gui tout en haut des arbres, j'imagine.
- Rien d'autre ?
- Non, si ce n'est que le bloc-notes d'où provient la feuille qui vous invite chez lui a été découvert dans sa sacoche. Aucun doute, il voulait vous tenir au courant de ses échanges avec Shaun – et probablement vous dire qu'il n'avait pas réussi à lui faire abandonner son projet meurtrier. Il n'en a pas eu le temps…
- Il aurait pu aussi rencontrer Kelly et lui avoir parlé, lui rappela Edgar sombrement. Nous ne sommes pas au bout de nos peines.

Chapitre 15 – L'enquête

Le lendemain, Bénédicte de Chevillé téléphona à Edgar pour lui dire que Katie s'était plutôt bien acclimatée à sa nouvelle résidence, et avait déjeuné à son réveil de bon appétit. Cependant, elle restait marquée par ces épreuves et était repartie se coucher, se plaignant d'une grande fatigue. Edgar devinait là les effets du contrecoup occasionné par la tension nerveuse des derniers jours. Le chien de Malo, Dojo, la suivait partout, ce qui la rassurait quant à sa sécurité. La mairesse du village se demandait cependant si elle devait la mettre au courant de la tragédie qui avait frappé le vieux druide, en prenant toutes les précautions voulues bien sûr.

Edgar avait hésité, mais finalement conseilla à Bénédicte de Chevillé de garder le silence pour l'instant auprès de la jeune fille. Ce n'était pas le moment de perturber de nouveau Katie après ce cambriolage, ni de lui laisser entendre que Shaun se baladait maintenant librement avec un gros pistolet de guerre en parfait état de marche dans la main, ce qui n'avait rien de rassurant. Il avait déjà vendu la mèche sur la présence de Kelly auprès de Katie et s'en voulait encore. Edgar conseilla seulement à la mairesse d'ouvrir l'œil et de ne laisser sortir sa protégée que le moins possible.

En éteignant la communication, il se sentit vieilli et fatigué – arriverait-il, même aidé de tous ses amis, à stopper un de ces jeunes avant l'irréparable ?

- Ne vous inquiétez pas, boss, dit alors Vicky, qui avait comme toujours deviné ses pensées. Tenez, voici Fifi – je vous parie qu'elle a quelque chose à nous apprendre.

Effectivement, Fifi claudiquait à une vitesse inhabituelle en leur direction, et ouvrit toute grande la porte en la faisant tinter.

- Monsieur Spencer ! J'ai de bonnes nouvelles pour vous !
- On a retrouvé Shaun ? s'exclama celui-ci.
- Non, désolée, enfin pas à ma connaissance, répondit-elle un peu décontenancée, mais vous aviez demandé si on avait une idée des derniers mouvements d'Yvon Le Goat dans la journée d'hier et au-delà, et il a été aperçu à trois reprises. D'abord, il portait une grosse corde et s'éloignait vers la côte vers neuf heures hier matin. Vers midi, notre chère Louise l'a vu quitter le village en voiture, il est revenu sur le coup de quatorze heures, d'après Jocelyne. Enfin, pendant qu'elle se rendait à pied à votre réception à la galerie, Edgar, Rozenn Maillant – vous savez, la secrétaire de Bénédicte de Chevillé – l'a vu qui portait une brouette sur un chemin en direction de chez Yann Poulpiquet. Mais celui-ci affirme qu'il ne l'a pas vu passer devant chez lui, donc il a dû s'arrêter avant. Pourtant, il n'est pas venu à la galerie ?
- Mais je l'ai vu moi aussi ce jour-là, en me rendant à la galerie. Il n'avait pas de brouette et ne portait rien, objecta Edgar.

Il ajouta pour lui-même.

- En tout cas, il a beaucoup bougé, la veille de sa mort. C'est curieux, toute cette activité. Je croyais d'après le père Gildas, que c'était un ermite qui ne sortait pas beaucoup de chez lui.

Fifi se tenait devant lui et Vicky, avec l'air implorant d'un chien attendant sa récompense après un tour particulièrement réussi. Edgar lui donna son sucre aussitôt, sous la forme de remerciements émus, et quitta la librairie pour se rendre d'un bon pas vers la maison d'Yvon Le Goat, où il savait que la police avait fini ses constatations. Absorbé par ses pensées, il buta presque dans le père Gildas sur le seuil, une valise à la main, qui était venu prendre quelques affaires du défunt à l'attention des pompes funèbres.

- Bonjour, mon père.
- Bonjour, monsieur Spencer. Comment allez-vous ? A-t-on déjà progressé dans l'enquête ?
- C'est un peu tôt pour l'affirmer, mais je pense que le jeune irlandais dont nous avons parlé n'est sans doute pas étranger au meurtre d'Yvon.

Le prêtre soupira, tandis qu'Edgar continua.

- La police ayant fini ses constatations, me laisseriez-vous jeter un coup d'œil à l'intérieur ? On a vu hier votre ami se promener en ville avec une corde ou une brouette, je me demande bien ce qu'il avait l'intention d'en faire.
- Oui, bien sûr, accepta le petit prêtre étonné, attendez, je vais jeter un coup d'œil avec vous.

De la cuisine, ils entrèrent tous deux dans la petite remise aménagée en laboratoire et farfouillèrent quelques instants, avant de trouver la brouette abandonnée et renversée dans un coin, non loin de l'échelle rutilante. Cependant, Edgar eut beau chercher, il ne trouva aucune trace de corde.

- Il est également parti en voiture dans la journée d'hier… savez-vous où il est allé ?
- Cela, c'est simple, répondit le petit curé avec un sourire ému. Il m'avait demandé si je n'avais besoin de rien, car il allait faire ses courses au supermarché du Clos du Korrigan, vous savez, le centre commercial d'à côté. Je lui avais demandé de prendre aussi plusieurs choses pour des paroissiens âgés qui ont du mal à se déplacer. Je suis venu chercher tout cela lorsqu'il est revenu en début d'après-midi, et l'ai aidé à ranger ses courses. Il en avait pris pour un régiment !

Edgar, alerté, se remémora ce que Malo lui avait dit la veille. N'était-ce pas le contraire ? Il retourna à grands pas dans la petite cuisine au fourneau démodé et ouvrit tout grand la porte du réfrigérateur antique qui y trônait dans un coin. Quelques pots et emballages lui dirent face, qui occupaient à peine un demi-rayon à l'intérieur. Il revint vers l'ecclésiastique qui continuait à fureter dans le laboratoire et lui demanda :

- Mon père, lorsque vous avez rangé les courses hier, où les avez-vous mises ?
- Dans la cuisine, bien sûr, répliqua-t-il, étonné.
- Et vous rappelez-vous ce que votre ami avait acheté ?
- Je l'ai taquiné à ce sujet, car il avait pris des plats tout préparés, bref pas du tout ce qu'il prenait habituellement, se souvint le père Gildas avec émotion. Cela paraît tellement puéril, maintenant… mais il n'avait pas l'air dans son assiette. Quelque chose le tourmentait. J'ai essayé de le faire parler sans succès. Il n'arrêtait pas de me dire que les jeunes étaient influençables et naïfs, et croyaient n'importe quoi… Je suis d'avis que l'histoire que vous nous avez racontée sur ces cérémonies païennes irlandaises l'avait vraiment tourneboulé.
- Oui, il m'avait dit la même chose. Mais venez avec moi, s'il vous plaît.

Lorsqu'Edgar eut montré les placards et le frigo au vieux prêtre, celui-ci s'exclama.

- Mais tout est parti ! Je me rappelle que nous avions tout rangé !
- Oui, observa sombrement Edgar, celui qui l'a tué a aussi fait ses courses au passage, et je devine qui…

*****

Contre toute attente, l'après–midi fut bien occupé pour Edgar à la librairie. Malgré la fin de la saison, des propriétaires de résidence secondaire s'étaient attardés en septembre et repartaient sur différentes grandes villes de France en achetant des livres avant leur départ, et quelques vacanciers retraités amorçaient tout juste leur séjour, tenant à se démarquer de la foule estivale qui avait rempli les rues de Kerdavallec jusqu'à la première partie de septembre. L'arrière-saison s'annonçait particulièrement douce, et on allait débuter un mois d'octobre qui serait sans doute plutôt clément.

Malo et Manon passèrent en fin d'après-midi révéler les résultats de l'enquête telle qu'elle apparaissait concernant le meurtre du vieux druide, et Edgar nota avec plaisir que Manon parlait maintenant librement en sa présence, pour la première fois depuis toujours.

Ils semblaient tous deux assez découragés, car le résultat était des plus maigres. Yvon Le Goat était mort depuis cinq à six heures lorsqu'Edgar l'avait découvert, ce qui situait le crime entre minuit et une heure du matin. Il avait visiblement partagé une boisson avec son meurtrier, ce qui semblait indiquer qu'il le connaissait, ou en tout cas ne se méfiait pas de lui. On n'avait découvert aucune empreinte à part celles du vieux druide, celles du curé qui venait parfois rendre visite à son ami, et d'autres encore que la police de Vannes avait transmises à un fichier central – et Malo les avait aussi envoyées en catimini à l'inspectrice de Dublin, afin qu'elle puisse les comparer à celles de Shaun. Il s'était rendu directement tau camping pour prendre celles de Kelly qui, bien que surprise, avait mis cela sur le compte d'une lubie de la police française et s'était exécutée – mais ses empreintes ne correspondaient à aucune de celles relevées chez Yvon Le Goat. Le tir était net, et avait été effectué par un droitier d'après sa trajectoire. Pour ce qui était de l'arme, la police restait perplexe, car il fallait posséder un minimum de connaissances pour sélectionner les munitions adéquates et graisser le mécanisme de cette arme de collection. Toutefois, Shaun, étant chasseur et amoureux des armes, correspondait au type requis.

Mais le plus important de tout résidait dans le fait qu'on avait retrouvé deux quasi-témoins, un vacancier campeur qui rejoignait le camping voisin après une soirée passée à boire sans retenue à la boîte de nuit « le Stanley » non loin de là. Il déclara qu'il avait entendu une détonation suivie d'un cri à glacer le sang - il était minuit quarante-deux à sa montre, soutenait-il. Mais ni Malo ni Manon n'attachaient grand crédit à ses paroles, car Yvon Le Goat avait été tué sur le coup et n'aurait pas eu le temps de pousser un quelconque hurlement. De son propre aveu, le campeur reconnaissait qu'il avait trop bu et ne pouvait situer d'où venaient ces deux bruits.

Un autre témoin jurait avoir vu une personne correspondant au signalement de Shaun, avec des lunettes de soleil, une casquette et un sac à dos, quitter la route par le chemin qui longeait la falaise vers neuf heures du soir. On n'accordait pas non plus une grande importance à ce témoignage, car il pouvait s'appliquer à beaucoup de vacanciers. De fait, le témoin n'avait su distinguer Shaun lorsque plusieurs profils différents, dont celui du jeune irlandais, lui avaient été présentés avec des lunettes de soleil et un couvre-chef approprié. Toutefois, la police continuait de suivre cette piste et interrogeait les riverains, qui se raréfiaient au fur et à mesure qu'on poursuivait le chemin de la falaise. Edgar avait souhaité bon courage aux deux policiers dans leurs recherches, admirant le travail et la patience de la police pour retrouver ainsi des indices, si minces fussent-ils.

Une fois les policiers repartis au poste de police, tandis que Vicky alignait des volumes en piles dans la réserve, Edgar sifflotait avec entrain à sa caisse lorsqu'il vit à son grand étonnement Jocelyne Guihéneuf et son mari qui se dirigeaient vers la librairie. Edgar les salua poliment lorsqu'ils entrèrent, et l'exubérante tenancière du bed and breakfast, voyant que le libraire était seul, apostropha son époux en lui disant :

- Vas-y, voyons !

Celui-ci, homme coiffé d'une casquette qu'il tournait et retournait entre ses doigts, rubicond au visage tanné par la mer, se dandinait d'un pied sur l'autre, jetait autour de lui des regards embarrassés et semblait avoir du mal à mettre en mots sa pensée.

- Mais dis-lui donc ce que tu as vu ! s'exaspéra sa moitié.

Cette injonction, au lieu d'encourager le loup de mer à s'exprimer, sembla l'enfoncer encore davantage dans le mutisme, et sa femme impatientée prit sur elle de parler à sa place.

- Monsieur Spencer, ça y est, il a enfin trouvé le bateau que vous cherchez !

Chapitre 16 – Le voilier

Après un moment de surprise – c'était décidément trop beau pour être vrai – Edgar s'adressa directement à son mari.

- Comment, monsieur Guihéneuf ? C'est vrai ?

Sur un signe de tête affirmatif, Edgar continua :

- Mais êtes-vous sûr qu'il s'agisse bien du même ?
- Eh bien…
- Vous comprenez, monsieur Spencer, lorsqu'il m'a dit cela, j'en étais toute retournée ! s'écria avec volubilité sa moitié. Alors je me suis dit qu'il fallait immédiatement qu'on vienne vous le dire, pensez donc ! D'autant que…

Devant ce déluge de paroles, il paraissait difficile d'extorquer les informations nécessaires du marin de manière cohérente, aussi Edgar échangea un regard éloquent avec Vicky qui venait de sortir de la réserve et qui lui désigna d'un geste sa poitrine en y dessinant un insigne imaginaire. Edgar comprit aussitôt l'allusion et s'efforça d'arrêter le flux de paroles de la brave madame Guihéneuf.

- -Vous avez raison, coupa-t-il, l'affaire est d'importance, et nous allons nous rendre de ce pas à la police pour que votre mari puisse y témoigner. Je ne sais pas combien de temps de temps cela peut durer, vous comprenez, aussi si vous n'y voyez pas d'inconvénient, Vicky peut vous servir un thé ou un café si vous voulez l'attendre à la librairie, mais je pense que vous avez des pensionnaires au bed and breakfast en ce moment ?

La tenancière du bed and breakfast s'arrêta net, tiraillée entre ses devoirs d'hôtesse et la curiosité d'en apprendre davantage, mais la pensée que deux de ses locataires lui devaient des extras qu'ils devaient acquitter avant leur départ le lendemain matin finit par l'emporter, et elle quitta la librairie non sans avoir prodigué moult conseils à son mari sur la conduite à tenir au poste de police.

Dix minutes plus tard, Edgar et monsieur Guihéneuf (Jean-Yves de son prénom) descendaient ensemble la grande rue pour se rendre à la mairie. Edgar faisait attention à ne pas le brusquer, et le brave homme semblait un peu déstabilisé par une présence à ses côtés capable de rester silencieuse plus d'une minute.

- C'est très aimable à vous d'être venu tout de suite.
- Jocelyne a insisté, marmonna-t-il.
- Elle a eu tout à fait raison. Vous étiez en train de pêcher aux alentours ?
- Oui.
- Vous avez donc vu le voilier ?
- Oui.
- Tout près d'ici ?
- Oui.

Agacé, Edgar se demanda un instant comment Malo et Manon allaient réussir à extorquer plus de quatre syllabes à cet ours.

- J'espère en tout cas que vous ne vous êtes pas trompé, dit-il à haute voix.
- L'immatriculation et le nom correspondent, protesta-t-il, clairement piqué au vif. Vous me prenez pour un idiot ? Tenez…

Il sortit son portable de sa poche, et agrandit une photo devant lui. De fait, le beau voilier pris en photo mouillait dans une crique tranquille à quelque distance des rochers d'une falaise, mais le plus étonnant était qu'une échelle de corde reliait celui-ci au sommet du petit escarpement. Edgar siffla d'étonnement.

- Je vois, dit-il. Notre Shaun est un petit malin.

Arrivés dans le bureau de Malo, seul celui-ci était présent, Manon avait dû repartir vers son logement de Vannes – pour aller y chercher des affaires personnelles, devina Edgar. Edgar nota que le comportement du marin devenait plus détendu, à son grand soulagement. Il connaissait sans doute Malo de longue date, et se sentait moins intimidé en sa présence. Edgar prit sur lui de saluer le policier et de lui redonner en quelques phrases les circonstances de la découverte du voilier par Monsieur Guihéneuf, ce qui donnait à celui-ci un peu plus de temps pour se sentir à l'aise. De fait, il enchaîna aussitôt.

- Voilà, c'est pourquoi Jocelyne a pensé que je devais vous informer tout de suite.

Malo leva la main.

- Procédons par ordre. Où le bateau mouille-t-il exactement ?
- Je suis passé il y a une semaine à cet endroit, il n'y avait personne. C'est le petit escarpement du Minec'h, après la grande falaise à la grève de gravier en bas, tu vois ?
- Oui, je connais. Et tu as bien repéré ce bateau ce matin ?
- Oui, ce matin vers six heures.

Edgar échangea un regard éloquent avec Malo. Fait assez rageant, soit par désir de ne pas écourter sa journée de pêche, soit parce qu'il ne voyait aucun caractère d'urgence à sa découverte, monsieur Guihéneuf n'avait pas songé utile de rapporter le fait avant d'être rentré sur la terre ferme.

- Le voilier a été pris en photo, intervint Edgar, et l'immatriculation comme le nom correspondent.
- - Tu as vu quelqu'un sur le bateau ? questionna Malo à l'attention du loup de mer.

Celui-ci secoua la tête dans la négative.

- Alors, allons-y tout de suite, déclara Malo en se levant. Nous allons le cueillir sans plus attendre.
- Ce sera dangereux, objecta Edgar, un peu alarmé. Il est armé, mon vieux.

Malo haussa les épaules, indifférent.

- On verra bien. On se mettra à couvert avant de le mettre en sommation de sortir. Tu peux nous emmener, Jean-Yves ?
- Non, refusa le marin tranquillement.

Malo, qui tendait la main vers sa veste de policier suspendue au portemanteau, interrompit net son geste.

- Pardon ?
- On ne peut pas sortir cette nuit, persista monsieur Guihéneuf. Je ne m'aventure sur les récifs du Minec'h qu'à marée haute et par temps clair. C'est trop dangereux, par là.
- Tant pis, on ira en vedette de police. Je vais faire appel aux garde-côtes, s'impatienta Malo.

Monsieur Guihéneuf laissa échapper un hennissement bref qui pouvait passer pour un éclat de rire.

- C'est ta vie que tu risques, mon gars. Mais ni moi, ni n'importe quel marin digne de ce nom ne s'aventurera par-là cette nuit. Débrouille-toi.
- Et si on descendait l'échelle ? Vous avez bien dit qu'une échelle de corde relie le bateau au voilier, monsieur Guihéneuf ? proposa Edgar.
- Vous êtes fou, Edgar ! s'écria Malo. Vous allez offrir une cible rêvée à ce type ! Il a une arme !

Après quelques secondes de réflexion, Edgar reconnut que sa suggestion était peut-être trop téméraire pour être mise en œuvre. Mais il insista.

- Nous pouvons quand même aller vérifier si le voilier est toujours là, non ? Et des jumelles pour voir si Shaun l'occupe ?

*****

Après vingt minutes de montée, Les trois hommes se tenaient en haut de l'escarpement rocheux où poussaient quelques herbes rares au milieu de pierres parfois arrondies, parfois coupantes, toutes recouvertes de lichen. Ils pantelaient tous un peu car le chemin d'accès était pentu et empierré, avec un sentier aussi mince qu'un filet qui serpentait entre les roches encombrées d'herbes folles et de genêt qui s'accrochait à leurs vêtements. Presque personne ne devait venir par ici, et ils en surent la cause lorsqu'ils atteignirent le promontoire. La vue n'offrait que la mer à perte de vue, à moitié cachée par des nuages brumeux et sans réelle perspective. En se penchant précautionneusement au-dessus du bord, ils virent une grosse échelle de corde solidement fichée et consolidée dans la falaise qui descendait quelques mètres plus bas et offrait une prise sûre. Elle était reliée de l'autre côté directement au pont du voilier qui se balançait doucement dans l'eau du dessous. Tout était calme, et pas un bruit ne s'entendait à part le léger clapotis des vagues et quelques cris d'oiseaux. On devinait les crêtes acérées de quelques écueils qui dépassaient çà et là au contour de la crique, et Edgar comprit que le marin n'avait pas menti sur la difficulté d'accès de cette petite anse.

Les trois hommes s'entre-regardèrent, puis Malo sortit de puissantes jumelles et inspecta minutieusement le voilier du dessous.

- Rien, grommela-t-il à voix basse, et il semble que l'accès à la cabine du bas soit fermé. Attendez…

Il ajusta son viseur et se pencha un peu plus en avant.

- Je pense que le bateau est sans surveillance, leur dit-il enfin. Il ne risque rien du vent ici, ni même d'une tempête, il semblerait que Shaun ait quitté son bord, mais nous ne pouvons pas en être entièrement sûrs. Il dort peut-être dans la cabine à l'intérieur.

Edgar n'hésita pas.

- Pouvez-vous me couvrir pendant que je descends, Malo ? Je vais aller inspecter le bord.

Monsieur Guihéneuf secoua la tête en signe de protestation, tandis que Malo s'écriait.

- Vous n'y pensez pas, Edgar ! C'est beaucoup trop dangereux ! Laissez-moi y aller à votre place, je suis plus jeune et plus sportif, et cette échelle ne me fait pas peur.
- Oui, vous vous tirerez mieux que moi de la descente, j'en conviens. Mais ensuite ? Vous n'avez jamais rencontré Shaun, et vous ne saurez pas lui parler anglais couramment pour parlementer, contra Edgar.
- Ce n'est pas prudent, marmonna monsieur Guihéneuf dans sa barbe, clairement désapprobateur.
- Je ne pense pas que Shaun sorte de là fou de rage pour m'assassiner, voyons. D'autant qu'il me connaît. Vous êtes bon tireur, Malo, et si quelqu'un sort de la cabine, vous pourrez tirer en l'air pour l'effrayer, et le tenir en joue tout le temps de notre conversation.

Malo dut se rendre à la raison, car la distance n'était pas très grande, et ce que proposait Edgar était de loin la meilleure solution. Il fouilla dans sa poche et en sortir une épaisse paire de gants.

- Chapeau, Edgar, vous ne manquez pas de cran. Mais protégez-vous les mains avec ça en descendant, et faites bien attention.
- D'accord.

Edgar se lança avec précaution, et, même s'il n'était pas athlétique ni de la première jeunesse, dut reconnaître que la descente ne présentait pas trop de difficulté. Malo le suivait anxieusement des yeux, son pistolet à la main. Le libraire sauta sur le pont désert et s'avança vers la cabine du bateau, puis tendit l'oreille. Aucun son ne lui parvenait depuis la cabine du bateau. Il s'enhardit jusqu'à frapper à la porte, mais personne ne lui répondit. Finalement, il leva les yeux vers le bord de l'escarpement où les deux hommes le surveillaient, et secoua la tête.

- Il n'y a personne, cria-t-il.

Edgar s'apprêtait à remonter lorsqu'une inspiration le traversa. Ne fallait-il pas au moins essayer d'établir le contact ? Il se saisit de son carnet de poche et griffonna quelques phrases à la hâte, et arracha la feuille qu'il coinça dans la porte de la cabine.

Chapitre 17 – Un complice ?

Malo était à son tour descendu par l'échelle de corde, mais après une rapide inspection du bateau, ne put que confirmer les constatations d'Edgar. Il regarda d'un air soucieux le petit papier que celui-ci avait fixé à la porte de la cabine.

- Vous pensez qu'il va vous contacter ?
- Pourquoi pas ? S'il essaye de se disculper ou de nier l'assassinat d'Yvon Le Goat, c'est ce qu'il va faire. Je lui ai dit que nous étions prêts à entendre sa version des faits pour le cambriolage chez Katie et le crime contre ce pauvre druide.
- On verra bien, conclut Malo, dubitatif. En attendant, si c'est lui qui a occupé ce voilier ces derniers jours, j'ai quelques vérifications à faire.

Prestement, il sortit du revers de sa veste un petit nécessaire pour prendre les empreintes et s'essaya à divers endroits du voilier où un navigateur aurait forcément posé la main.

- C'est Manon qui m'en a fait cadeau, marmonna-t-il à l'attention d'Edgar. Avec tout ce qui se passe…

Quelques minutes plus tard, il se redressa, satisfait.

- Remontons.

Une fois revenus sur la terre ferme, ils reprirent le chemin du bourg de Kerdavallec. Malo avait l'air sombre et déçu, et Edgar devina qu'il aurait aimé cueillir le coupable présumé sur les lieux pour l'offrir ensuite sur un plateau à l'inspectrice de Vannes.

- En tout cas, Shaun a certainement pris tout ce qui l'intéressait chez cette pauvre Katie hier après-midi, fit Edgar. Reste à savoir s'il va s'en prendre à elle également.
- Mais je suis passé vers quinze heures hier devant cette crique, et le voilier n'était pas encore là, protesta

monsieur Guihéneuf, un peu surpris. Je ne l'ai vu que ce matin très tôt. Quand le cambriolage dont vous parlez s'est-il passé ?

- Pourtant, Shaun devait se trouver dans le village entre … disons, entre quinze heures et dix-sept heures, puisque cela correspond à l'intervalle entre le moment où Katie nous a rejoints dans la galerie et le moment où elle est remontée chez elle.
- Alors vous avez un problème, tous les deux, affirma le marin, perplexe. Entre le moment où j'ai vu que le voilier n'était pas là hier, et le moment où je l'ai repéré tôt ce matin - et il faisait à peine jour, il n'y a eu que deux périodes de marée haute navigable, dont l'une quand le soleil était déjà couché. Comme je vous l'ai dit, personne ne s'aventure par là dès la tombée du soir, même à marée haute – il faut la lumière du jour pour naviguer là-bas entre les rochers. La seule période d'étale de marée haute hier se situe précisément entre quinze heures trente et dix-sept heures, avant que le reflux ne commence et que les écueils pointent hors de l'eau. A moins d'avoir le don d'ubiquité, ce gosse n'a pas fait le cambriolage que vous dites. Ou alors, quelqu'un d'autre que lui barrait le voilier pour le faire rentrer dans la crique du Minec'h.
- Vous êtes sûr qu'il n'a pas amené son bateau pendant le cours de cette nuit ? s'enquit Edgar, clairement ébranlé dans ses certitudes.

Monsieur Guihéneuf ne répondit pas, mais le regard de commisération apitoyée qu'il lui retourna suffit à faire taire le libraire.

Edgar s'arrêta de marcher, la tête bourdonnante. Shaun ne serait pas coupable du cambriolage ? Mais alors, qui avait mis à sac l'appartement de Katie dans la journée précédente ?

- Qu'est-ce qui se passe, Edgar ? demanda Malo.

- Je ne sais plus quoi croire… bredouilla-t-il en réponse, qui d'autre que Shaun aurait fait un cambriolage chez Katie ? Et pour quel motif ?

Malo s'était également arrêté de marcher et fronçait les sourcils, l'air absorbé.

- Je vois ce que vous voulez dire… un jeune du coin désargenté aurait pris les papiers et l'argent de Katie, or ni sa carte bancaire ni son porte-monnaie n'ont disparu.
- Pourquoi un voleur venant de Kerdavallec aurait pris le journal intime d'Erin ? Seul Shaun avait un motif pour cela !
- Peut-être a-t-il un complice ? suggéra alors Malo. Quelqu'un qu'il aurait emmené avec lui d'Irlande ? Que pensez-vous de cette Kelly ?
- Un complice est possible, mais ce ne serait pas Kelly. Elle détestait Erin, pourquoi voler son portrait pour l'amener à Shaun ? Et je ne vois personne d'autre qui aurait pu tenir ce rôle. Sans compter que mettre quelqu'un dans la confidence d'un meurtre que l'on projette n'est pas très cohérent… C'est se mettre à la merci de ce tiers.
- Peut-être que le cambriolage chez Katie et le crime contre le druide ne sont pas liés ? musa Malo, clairement déconcerté.
- En tout cas, je suis sûr de ce que j'affirme, déclara le marin d'un air définitif.
- Résumons-nous, dit Edgar. Malo, vous n'avez aucun motif de surveiller quand Shaun va rentrer sur son voilier ?
- Aucun, confirma Malo. Nous n'avons pas pu établir sa culpabilité sur aucune circonstance, ni le cambriolage, ni le crime. Comparer les empreintes que nous avons prises sur le bateau avec les deux scènes de crime va de toute façon prendre un peu de temps. Et puis, de

toute façon, je n'ai pas les ressources nécessaires pour poster quelqu'un en surveillance au Minec'h vingt-quatre heures sur vingt-quatre, surtout si Shaun ne revient au voilier qu'à la faveur de la nuit.

- Donc, on en reste au même point, conclut Edgar, dépité. En fait, on a même reculé, puisque la culpabilité de Shaun au moins sur le cambriolage paraît maintenant plus que douteuse.
- J'espère que le dossier avancera demain, conclut Malo d'un air lugubre, en tapotant la poche de sa veste.

Aussi perplexes les uns que les autres, les trois hommes se séparèrent une fois arrivés au bourg du village.

*****

Le lendemain matin, Edgar se leva presque impatient, et courut tout de suite à sa boîte aux lettres vérifier qu'un mot n'y avait pas été glissé, mais il en fut pour ses frais.

Il regarda son calendrier. On avait entamé le mois d'octobre maintenant, et mentalement, il se surprit à compter le nombre de jours qui le séparait du départ de Katie. Il restait persuadé qu'elle serait en sécurité lorsqu'elle se rendrait à Dublin, sans trop savoir pourquoi.

Lorsque le père Gildas lui téléphona pour lui donner l'heure de la cérémonie d'inhumation du malheureux Yvon le Goat, deux jours plus tard, Edgar n'eut pas le cœur de refuser d'y assister, se sentant aussi un peu coupable d'avoir eu une relation de cause à effet, même distante, entre l'hébergement de Katie et le décès tragique du vieux druide.

Il s'attendait à voir Shaun surgir à tout moment dans la librairie, mais la journée s'écoula de manière banale sans aucun incident. Dans le courant de l'après-midi, Malo lui téléphona pour lui annoncer d'un ton triomphant que les empreintes retrouvées sur le bateau correspondaient à celles relevées dans certaines pièces de la maison d'Yvon Le Goat. Cependant, elles ne correspondaient pas à celles prélevées dans le logement de Katie. Ce dernier point venait confirmer l'hypothèse de monsieur Guihéneuf comme quoi Shaun n'aurait matériellement pas pu diriger son bateau dans la crique de Minec'h à marée haute et se trouver à Kerdavallec en même temps. Il fallait donc en déduire que le cambriolage chez Katie avait une tout autre explication qu'une vengeance du jeune irlandais… Toutefois, le policier ne contenait pas sa joie au téléphone d'avoir démasqué ce qui était clairement pour lui le coupable du crime.

- Aucun doute, c'est bien lui l'assassin ! exulta-t-il au bout du fil. En tout cas, Manon pense que nous avons maintenant suffisamment de preuves pour lancer un mandat d'arrêt contre lui.
- Il ne faut pas nous précipiter avant de l'avoir entendu, objecta Edgar, il a peut-être une explication tout à fait rationnelle sur sa présence chez le vieux druide.
- Vous admettrez tout de même que les présomptions deviennent sacrément fortes contre lui ! Mais je suis d'accord avec vous sur un point qui me gêne, tant que nous n'avons pas retrouvé l'arme du crime - maudit soit ce damné irlandais qui m'a fauché mon vieux pistolet, soit dit en passant – notre dossier pèche sur ce point. J'aurais bien aimé le cueillir séance tenante hier et fouiller le voilier pour retrouver l'arme, mais nous en avons été pour nos frais. Ah, tant que j'y pense, Edgar, je suis redescendu sur le bateau aujourd'hui, et votre mot n'avait pas été enlevé de sa porte.
- Cela explique qu'il n'ait pas cherché à me joindre, mais vous n'auriez pas dû descendre tout seul, le morigéna Edgar.
- Ne vous inquiétez pas, Manon était avec moi sur le promontoire avec son arme, et faisait le guet. Rien n'avait changé par rapport à hier.

- Et que pensez-vous du cambriolage chez Katie, Malo ? Si ce n'était pas Shaun, qui cela peut-il être ?
- J'ai réfléchi depuis hier, Edgar. Shaun a peut-être pris ses précautions en portant des gants lors du cambriolage, mais le crime contre Yvon Le Goat n'était peut-être pas prémédité au départ, d'où le fait qu'il n'en ait pas porté chez lui.
- Un crime commis sous l'impulsion du moment ? déclara Edgar, sceptique. Cela me semble peu crédible de tirer une balle en plein cœur de quelqu'un assis de l'autre côté d'une table et déclarer ensuite qu'il s'agit d'un malheureux accident, non ?
- Reste à savoir si le tir ne s'est pas révélé mortel par un hasard involontaire, tempéra Malo, même si je suis d'accord avec vous, c'est un peu dur à avaler.
- En attendant, Shaun Kilkenny court toujours et nous ne savons où, conclut Edgar sombrement.

Chapitre 18 – Inhumation et exhumation

Deux heures avant le service d'enterrement du malheureux Yvon Le Goat, Edgar, en costume sombre, se rendit chez Bénédicte de Chevillé pour y voir Katie. Shaun n'avait toujours pas donné signe de vie depuis lors, et Edgar commençait à se demander si le jeune irlandais n'avait pas quitté la région pour de bon et abandonné sa vengeance. Pourtant si tel était le cas, il aurait ramené le voilier qu'il louait à bon port avant son départ, non ? Il était si absorbé dans ses réflexions tout en repoussant la grille du jardin que le grondement canin sourd qui parvint à ses oreilles le prit totalement de court.

- Attendez ! s'écria une voix en anglais.

Katie apparut sur le seuil de la porte, et jeta un ordre bref au doberman menaçant solidement campé devant Edgar, qui disparut avec un jappement obéissant vers l'arrière du jardin.

- Seule Katie arrive à se faire obéir de cette horrible bête, sourit Madame de Chevillé qui surgit derrière elle.
- Ce n'est pas une horrible bête, protesta Katie.
- En tout cas, elle assure votre sécurité de manière efficace, se félicita Edgar. Vous n'avez rien de fâcheux ou de suspect à signaler depuis votre arrivée ici ?

La jeune fille secoua la tête, mais la mairesse pinça les lèvres.

- Moi si, Edgar. Je suis persuadée que malgré la présence de Dojo, quelqu'un essaye de s'introduire ici pendant la nuit.
- Comment ? s'alarma Edgar. Qu'est-ce qui vous fait dire cela, Bénédicte ?
- Des traces de pas dans le jardin tout d'abord, près de l'allée. Ce sont celles de bottes de caoutchouc, et elles sont si brouillées qu'on ne sait si elles partent ou

reviennent de la maison. Toutefois je suis formelle, elles n'étaient pas là il y a quelques jours.

- Voyons, chère Madame, ce n'est sans doute pas important, minimisa Katie, embarrassée.
- Dojo vous a-t-il réveillées en aboyant ? A-t-il signalé la présence de cet intrus ? Avez-vous entendu des bruits bizarres dans la nuit ?

Les deux femmes secouèrent la tête dans la négative, et Edgar inclinait à partager l'avis de Katie.

- A-t-on essayé d'entrer en forçant une serrure ? demanda Edgar à Bénédicte.
- Pas que je sache, mais vous pouvez vérifier, dit-elle.

Un rapide examen à la porte d'entrée et celle de la cuisine qui communiquait avec le garage suffit à convaincre Edgar qu'il n'y avait eu aucune tentative d'effraction. Il alla ensuite regarder les empreintes près de l'abri de jardin, mais elles étaient trop petites pour être celles de Shaun. Il revint vers la maison où l'attendaient les deux femmes, en secouant la tête.

- Vous pouvez être tranquille, Bénédicte, cela n'a visiblement aucun rapport avec les menaces dont Katie fait l'objet. D'ailleurs…

Il s'interrompit, embarrassé.

- Un habitant du village est mort tout récemment, et je me rends à son enterrement.
- Toutes mes condoléances. Vous le connaissiez bien ? demanda Katie avec sympathie.
- En fait, non, pas très bien. J'ai fait sa connaissance il y a seulement quelques jours. Au fait, Katie… Kelly a-t-elle tenté de vous contacter de quelque manière que ce soit ?
- Je suis à peine sortie d'ici, monsieur Spencer. Elle n'en aurait pas eu l'occasion, si elle ignore où je me trouve. Elle est toujours à Kerdavallec ?

- Oui, au camping local.
- Alors ne vous mettez pas en retard, Edgar, dit la mairesse avec des yeux qui voulaient clairement dire de ne rien révéler de plus à Katie.
- Vous avez raison, Bénédicte.
- Je vous raccompagne.

Dans l'allée, Edgar lui demanda discrètement.

- Comment va-t-elle, à votre avis ? Est-ce qu'elle se fait à cette réclusion semi-forcée ?
- Je dirais qu'elle va bien. Heureusement, elle a son art pour l'occuper. Je ne la vois quasiment pas, Elle peint dans sa chambre fenêtre grande ouverte presque toute la journée. Elle m'a dit qu'elle voulait vous faire une surprise avant de partir Edgar, nul doute que sa dernière toile à Kerdavallec sera pour vous.

La mairesse souriait, mais elle semblait toujours assez préoccupée.

- Autre chose vous met mal à l'ase, n'est-ce pas, Bénédicte ? Il n'y a pas que ces traces de pas ?
- Oui, ajouta-t-elle avec un frisson. J'ai l'impression que quelqu'un nous surveille en permanence, Katie et moi. C'est stupide, bien sûr, mais c'est une impression tenace dont je n'arrive pas à me défaire.

Elle haussa les épaules.

- Je dois me faire des idées, sans doute.

*****

A son grand étonnement, Edgar vit qu'un nombre assez important de personnes assistaient à l'enterrement du vieux druide. La dernière fois qu'il avait pénétré dans la petite église de Kerdavallec, c'était pour apporter son concours au père Gildas et aux pompes funèbres à qui ils manquaient un porteur.

Il s'était exécuté bien volontiers car il s'agissait d'un proche de Yann Poulpiquet et de sa fille.

Ici, l'assistance était composée à la fois des vieilles gens du cru, dont Edgar devina qu'ils connaissaient Yvon Le Goat de longue date, de plusieurs commerçants et autres personnes d'âge moyen, et un groupe de quelques hommes âgés aux longs cheveux blancs en désordre dont il devina qu'ils devaient appartenir à la même confrérie que le défunt. Les visages laissaient tous transparaître des marques de tristesse, d'incompréhension et aussi de colère.

A la sortie du service, Edgar surprit quelques bribes de conversation ulcérées et espérait pour la réputation de Malo qu'ils parviendraient bientôt à coincer le responsable du crime. Il semblait qu'Yvon Le Goat ait été universellement respecté dans sa petite communauté. Tandis que le père Gildas était assiégé par de multiples connaissances de son ami décédé, Edgar promena son regard sur l'assistance et reconnut Fifi et Loulou. Il se dirigea vers elles afin de discuter.

- Bonjour, Mesdames, les salua-t-il.
- Bonjour, monsieur Spencer, gazouillèrent-elles en retour.
- Vous connaissiez bien le défunt ?
- Il m'avait fait une pommade maison pour une foulure, une fois, avoua Loulou, et la douleur était partie beaucoup plus vite qu'avec la crème de la pharmacie.
- Même chose pour moi avec une tisane qui m'a beaucoup aidée à dormir après le décès de mon mari, reconnut Fifi. Le pauvre homme avait le cœur sur la main et ne méritait pas cela.
- Progresse-t-on dans l'enquête, monsieur Spencer ? s'enquit Loulou.
- Pour tout vous dire, je ne sais pas trop quoi croire, confia Edgar avec franchise. Vous savez sans doute…

- … qu'on a retrouvé le voilier du jeune irlandais au Minec'h ? oui, nous savons, déclara Loulou, péremptoire.
- On a retrouvé les empreintes digitales de Shaun Kilkenny chez Yvon Le Goat, précisa Edgar. Pour Manon et Malo, cela l'incrimine directement dans l'assassinat.
- De cela, je ne suis pas sûre, objecta Fifi de sa voix douce. Yvon Le Goat était la générosité même, s'il a rencontré ce jeune homme il l'a peut-être invité chez lui pour discuter des raisons de sa venue.
- Avec le résultat que l'on sait, grommela Edgar.
- Non, vous ne m'avez pas comprise. Je veux dire qu'il y a peut-être une explication tout à fait innocente aux empreintes de ce jeune homme chez Yvon. Le meurtrier aurait pu être quelqu'un d'autre qui se serait introduit chez lui par la suite.

Edgar trouvait cette idée totalement farfelue, mais remercia ses deux vieilles amies et reprit le chemin de sa librairie tandis que le convoi funéraire se dirigeait vers le cimetière. Il eut un sourire vague en le regardant s'éloigner, se rappelant ce que le vieux druide lui avait confié concernant ses gardes nocturnes au milieu des tombes la nuit d'Halloween. Peut-être continuerait-il dans l'autre monde…

Secouant la tête, Edgar avança le long de la route. Le temps était gris, et une petite bruine faisait naître des étincelles argentées sur son caban, qui avait remplacé son Barbour des temps anciens. Maintenant, on ne pouvait plus douter que l'automne s'était définitivement installé à Kerdavallec. Une feuille morte tomba à ses pieds en virevoltant, et un vent frais courait le long des maisons de pierre grise. Il aperçut la devanture de sa chère librairie où deux clientes demandaient des conseils à sa chère Vicky, et pressa le pas.

A cet instant, une silhouette massive se planta devant lui et il lui fallut quelques secondes pour reconnaître le profil émacié à la barbe mal entretenue qui s'adressa à lui en anglais.

- Salut. Je peux vous parler, monsieur Spencer ? demanda Shaun.

Chapitre 19 – L'entrevue

Curieusement, Edgar n'éprouva aucune peur. Il retrouvait le jeune Shaun rebelle et impulsif avec lequel il avait facilement tissé des liens en Irlande. Tacitement, ils savaient qu'ils n'étaient pas des adversaires et se respectaient l'un l'autre. Edgar l'observa à la dérobée. Le jeune homme était sanglé dans des habits marins flambant neufs mais un peu froissés, et semblait avoir perdu du poids depuis leur dernière rencontre.

- Bien sûr. Attendez une seconde, répondit Edgar.

A travers la devanture, il fit signe à Vicky qu'il remontait directement à son appartement. Le regard dévoré de curiosité de celle-ci s'attacha à la silhouette qui avait abordé son patron, mais Shaun se tenait de dos et était coiffé d'un bonnet marin, elle ne le reconnut pas. Elle inclina la tête en assentiment, et Edgar ouvrit directement depuis la rue le petit hall qui communiquait avec la librairie par une porte latérale et menait aussi à son appartement situé au-dessus par un escalier moquetté.

Shaun le suivit sans mot dire, et entra dans l'appartement où il s'affala sans cérémonie sur un des fauteuils du salon. Il gardait une main dans sa poche, où Edgar devina qu'une arme y restait en position. Mais le libraire savait que le jeune homme n'en ferait pas usage tant que lui-même n'essayait pas de le maîtriser par la force – et plutôt que l'affrontement, il préférait faire parler ce jeune tourmenté. Il devait être dévoré du besoin de parler, après ce qui s'était passé, et c'était probablement la raison pour laquelle il répondait à son invitation. Peut-être restait-il une chance de pouvoir enfin le raisonner ?

- Pas mal, votre piaule, même si cela ne vaut pas Goddard Park, grogna-t-il en guise d'entrée en matière.

- Merci du compliment, je n'ai pas très envie de me souvenir de là-bas lorsque je suis chez moi, rétorqua Edgar avec un demi-sourire sardonique.
- Touché, répliqua Shaun en répondant à son sourire. Vous avez quelque chose à boire ?

Edgar alla chercher des biscuits apéritifs et deux bières à la cuisine, dont il tendit l'une à Shaun, tout en prenant la précaution au passage d'enclencher la fonction « enregistreur » de son téléphone mobile. Le jeune irlandais but goulûment une gorgée, et s'empara d'une pleine poignée des amuse-gueules. Edgar devina que les derniers jours n'avaient pas été une partie de plaisir pour son vis-à-vis.

- Voilà un moment qu'on ne s'est pas vus, remarqua-t-il d'un ton badin.
- Ouais, confirma Shaun, la bouche pleine.

Après quelques instants, Edgar reprit doucement, d'un ton un peu navré.

- Je t'avais demandé de mettre cette affaire derrière toi lorsqu'on s'est rencontrés en Irlande, Shaun… pourquoi ne l'as-tu pas fait ?
- Je voulais le faire, lui répondit le jeune homme, et ses yeux lançaient des éclairs, mais on ne fait pas toujours ce qu'on veut dans la vie, ok ?
- Tu es venu en voilier, n'est-ce pas ? Celui qui est amarré aux Minec'h ?
- C'est ça.
- Tous mes compliments. Tu es un sacré bon marin.

Shaun haussa les épaules, et dit comme s'il n'y attachait pas d'importance.

- C'est mon oncle qui m'a appris, marmonna-t-il. Quand je suis arrivé, on m'a indiqué où il fallait que j'aille pour ne pas être remarqué. Mais je n'y reviendrai plus, j'ai su que vous l'avez repéré lorsque j'ai trouvé votre mot.
- Et qu'est-ce que tu viens chercher, ici en Bretagne ?

- Vengeance, répliqua-t-il sans changer de ton.

Edgar soupira, mais avant qu'il ait pu reprendre la parole, Shaun continua.

- Les choses ont changé depuis que je vous ai vu la dernière fois, monsieur Spencer. Tout est différent.
- Brendan ? dit simplement Edgar.
- Bien vu. Oui, c'est lui qui a tout fait basculer lorsque je l'ai rencontré en prison.
- Pourquoi l'as-tu fait, d'ailleurs ? Pour t'assurer qu'il regrettait ce qu'il a fait ?
- En partie. Je voulais être sûr que c'était bien lui le coupable.
- Et alors ?
- Oh oui, il était coupable. Il l'a reconnu d'ailleurs. Qu'il moisisse encore de longues années là-bas, c'est tout ce que je souhaite.
- Est-ce que Kelly le sait ? Parce qu'elle a l'air persuadée de son innocence. Tu savais que sa sœur avait débarqué à Kerdavallec ?
- Non. Qu'est-ce qu'elle veut ?
- Apparemment, elle aussi en veut à Katie. Je te l'ai dit, elle pense que son frère est innocent.
- Alors Katie ferait bien de faire attention à elle. Je m'occuperai de Kelly plus tard.
- Mais qu'est-ce que Brendan a bien pu dire pour relancer ton désir d'en découdre avec les membres de ce groupe ? Avec Katie, en premier lieu ?

Nouvel haussement d'épaule exaspéré.

- Si je vous le dis, vous essaierez de me dissuader, pas vrai ?
- Et comment, confirma Edgar. Tu ne vas pas gâcher ta vie à cause d'une vieille histoire.
- C'est un peu tard pour le me le dire. Vous avez vu ce qui est arrivé à l'autre vieux ?

- J'ai vu, et je regrette ce qui lui est arrivé, dit Edgar calmement. C'est moi qui ai trouvé son corps. Je l'aimais bien, tu sais.
- Mais moi aussi, reconnut Shaun avec franchise. C'était vraiment un brave type, mais stupide. On a beaucoup parlé le soir où on s'est vus, et vous l'aviez mis au courant de la situation. Il a essayé de me faire changer d'avis… mais les évènements lui ont donné tort. On s'entendait jusqu'à un certain point, mais il n'aurait jamais dû essayer de prendre les choses en mains par lui-même, ni de s'interposer entre moi et ce que je dois faire. Et maintenant, je ne peux plus reculer, pas vrai ?
- Mais si, voyons, dit Edgar gentiment.

Shaun ne répondit pas, buté. Mû par une impulsion subite, Edgar lui demanda :

- Est-ce toi qui a cambriolé l'appartement de Katie, au-dessus de la galerie ?
- Non, grogna-t-il. Mais j'aurais dû le faire.
- Que veux-tu dire ?
- Laissez tomber, répliqua-t-il sèchement.

Il parut sur le point de parler de nouveau, puis se ravisa.

- Qu'as-tu à reprocher à Katie dans cette histoire ? Elle aimait bien Erin, non ?
- Oui, elle l'aimait bien, c'est vrai. C'était sa meilleure amie depuis l'enfance, elles s'entendaient comme larrons en foire. Je suppose que j'aurais dû l'accepter.

Edgar comprit que Shaun avait dû prendre ombrage de l'amitié qui existait entre les deux jeunes filles, ce qui pouvait expliquer en partie son désir de vengeance actuelle. S'agissait-il de jalousie rétrospective ?

- Katie ne pouvait pas prévoir ce qui arriverait par la suite à Erin en l'invitant ces réunions, elle me l'a dit elle-même.
- Mais elle l'a tout de même amenée là-bas, et a ainsi provoqué sa mort. Je ne laisserai pas cela impuni.

Edgar, désolé, secoua la tête, comprenant son impuissance à ramener Shaun à la raison. Après quelques secondes, celui-ci reprit la parole sur un ton différent.

- J'ai un message pour Katie à lui faire passer. Vous voulez bien ?

Le jeune homme lui tendit une enveloppe vierge, qu'Edgar accepta.

- Qu'est-ce que c'est ? demanda Edgar, découragé. Une menace de mort ?

Le jeune homme sourit sans répondre.

- Je la lirai de toute façon avant de la lui remettre, tu sais.
- Allez-y. Le contenu ne s'applique qu'à elle, de toute façon.
- Crois-moi, laisse-la tranquille, Shaun.
- Et croyez-moi quand je vous dis que c'est impossible. Plus maintenant, lui répondit le jeune homme d'un ton qui coupait court à toute discussion.

Cependant, Edgar revint une dernière fois à la charge.

- Ecoute, la pauvre fille ne vit que pour son art, et elle a placé le grand portrait qu'elle avait fait d'Erin sur sa commode, pour ne jamais l'oublier… ne peux-tu la laisser en paix ?

Les yeux de Shaun s'étrécirent.

- Vous mentez. Erin n'a jamais posé pour cette fille.
- Je t'assure que si. J'ai vu le portrait.
- Erin n'a jamais posé pour elle, répéta-t-il. Mais je ne m'attends pas à ce que vous le croyiez.
- Quoi qu'il en soit, elle est morte maintenant, dit Edgar doucement.
- Mais Erin ne repose pas encore en paix. Il faut que je la venge pour cela.
- Est-ce bien nécessaire ?
- Pour moi, c'est vital. Encore plus depuis la mort de ce druide. Sans Erin, ma vie n'a plus aucun sens.

- J'ai aussi perdu quelqu'un de cher, rappelle-toi, je te l'avais dit en Irlande.
- Mais pas comme moi, coupa-t-il, les yeux fixés sur sa bière à moitié vide. Erin était tout ce qui comptait à mes yeux, et ils me l'ont prise. Elle est morte pour rien.
- La mort de Dottie ne rimait à rien, elle non plus, objecta Edgar.
- Vous ne comprenez pas. Brendan a provoqué trop de dégâts avec ce maudit livre. C'est lui le responsable en premier lieu, et il ne perd rien pour attendre à sa sortie de prison, mais Katie a également sa part de responsabilité dans ce gâchis. Je n'oublie pas non plus les autres.
- Après avoir réglé tes comptes avec Katie, tu veux dire que les autres membres du groupe vont suivre, c'est cela ? Mais même au cas où ils voudraient suivre l'exemple de Brendan et faire des crimes rituels, eux aussi, si tu t'en prends à eux, tu te mets exactement à leur niveau, Shaun. Tu ne vaux pas mieux que ceux que tu poursuis, finalement.

Shaun se leva sans lui répondre, et Edgar sut que leur discussion touchait à sa fin.

- Vous êtes un type bien, monsieur Spencer, lui dit Shaun à brûle-pourpoint en se dirigeant vers la porte. Mais vous ignorez les dangers qui vous menacent. Faites bien attention à vous, maintenant, et ne faites confiance à personne. Vous n'êtes plus en sécurité nulle part. Je sais ce qui va se passer, une fois que j'aurai réglé son compte à Katie.
- Même à Kerdavallec ?
- Même dans ce bled perdu, oui. Rappelez-vous l'autre type, qu'ils viennent d'enterrer. Si je dois vous neutraliser pour parvenir jusqu'à Katie, je le ferai. Mais ne me forcez pas la main, je n'en ai aucune envie.

Le même message vaut pour Kelly, d'ailleurs. Elle ferait mieux de ne pas me trouver sur son chemin.

Ils échangèrent un long regard, le regard de deux protagonistes résolument campés sur leurs positions mais qui se comprenaient cependant. Était-ce un effet d'optique, une illusion ? Edgar crut voir dans les yeux de Shaun une supplication muette, une lueur de demande, qui devait longtemps le poursuivre. Cela ne dura que deux secondes avant que Shaun ne franchisse le seuil et qu'Edgar ne l'entende dévaler l'escalier puis sortir.

Chapitre 20 – Explication orageuse

- Mais vous êtes dingue, Edgar ! Vraiment dingue !

Malo répéta au moins pour la dixième fois ce reproche, et fut à nouveau vigoureusement appuyé par le signe de tête de Manon, assise à côté de lui dans son bureau. Edgar avait réfléchi une grande partie de la nuit après le départ de Shaun, et s'était résolu à rapporter toute sa conversation avec le jeune irlandais à ses amis policiers, en leur faisant écouter l'enregistrement.

- Discuter ainsi de la pluie et du beau temps avec ce criminel, c'est de l'inconscience pure et simple ! Qu'est-ce qui vous a pris ? Vous voulez finir comme Yvon Le Goat, avec une balle en plein cœur ? tempêta Malo.
- Il ne m'aurait pas fait de mal, assura Edgar. Je ne me dresse pas encore sur sa route – pour l'instant. Mais lors de notre entretien, il a confirmé qu'il n'avait pas pénétré chez Katie, et je pense qu'on peut le croire.

Malo, à court d'invectives, ne sut que lever les bras au ciel en matière de réponse. Pour changer le cours de sa pensée, Edgar poursuivit.

- Il m'a donné une lettre à l'attention de Katie. J'ai l'intention de la lui remettre, voulez-vous m'accompagner ?
- Ce sont des menaces ? Si c'est le cas, je vous rappelle que nous faisons tout notre possible pour lui épargner une nouvelle émotion, le tança sévèrement Manon.
- C'est vrai, mais en l'occurrence nous n'avons d'autre choix que de tout lui dire sur sa sécurité et lui demander des explications sur ce qu'a voulu dire Shaun. Après lui avoir parlé, je suis d'avis que la politique de l'autruche ne nous mènera nulle part. Voyez-vous, je pense que ce mot contient une menace

contre elle, mais je n'en suis pas sûr. Regardez par vous-même.

Sourcils froncés, les policiers observèrent la page où un seul mot était écrit en caractères majuscules tracés au stylo bille : *Là an t-Saoraidh.*

- Qu'est-ce que c'est que ce charabia ? demanda le policier, décontenancé.
- C'est du gaélique. J'ai fait quelques recherches sur Internet, et cela se traduit par « le jour de la libération » ou « le jour de la rédemption ou de l'absolution » ce n'est pas très clair, enfin c'est le sens général.
- Alors, en quoi est-ce une menace ? questionna Manon, sourcils froncés.
- Je me suis demandé si cela ne voulait pas dire que Shaun allait libérer l'âme du corps de Katie ou quelque chose comme cela… il a dit que cela ne parlerait qu'à elle. Cela semble impliquer qu'elle seule peut interpréter ce mot correctement.

Malo et Manon échangèrent un regard résigné.

- Vous avez raison Edgar, voyons avec Katie ce qu'elle en pense. Il n'est plus temps de lui cacher des secrets.

Quelques moments plus tard, ils se tenaient devant Katie dans le salon aux meubles de style de Bénédicte de Chevillé. Edgar et Malo parlèrent longtemps, n'omettant rien de ce qui s'était passé depuis son arrivée à Kerdavallec. La mairesse serra les lèvres, tandis que Katie les écoutait attentivement. Peu à peu, cette dernière se renferma par degrés dans une attitude rigide et sombre, son voile de cheveux argentés encadrant un visage durci. Ils terminèrent en lui tendant la feuille que barrait le mot gaélique au milieu en lui demandant des explications. Katie ne répondit pas tout de suite, semblant ulcérée par ce qu'elle venait de lire.

- Ah, c'est ainsi ! grommela-t-elle… eh bien, il va trouver à qui parler.

- C'est une menace contre vous ? demanda Edgar.
- Oui, et plutôt mélodramatique, répondit-elle. Mais il ne parviendra pas à ses fins. Ce type est un malade… si je me rappelle bien, ce mot a été employé dans le livre de sortilèges de l'oncle de Brendan, il évoque un rite rédempteur de l'âme innocente par le feu où celle-ci va se trouver libérée et ira retrouver en paix le monde des esprits.
- Débile, comme menace, observa Manon en haussant les épaules. En tout cas, à votre place je ne trouverais pas cela très effrayant. Avant qu'il ne réussisse à vous immoler par le feu en ayant déjoué toute la sécurité qui vous entoure, de l'eau aura coulé sous les ponts.
- Vous avez raison, bien sûr, approuva Edgar. Katie est en sécurité ici.

La jeune fille se leva. Une nouvelle détermination animait ses traits, tandis qu'elle dévisagea ses vis-à-vis.

- Vous savez où il se cache ?

Edgar fut soulagé car Katie prenait la soudaine réapparition de Shaun et la menace directe contre elle beaucoup plus calmement qu'il ne s'y serait attendu.

- Nous avons retrouvé son navire amarré dans une crique, expliqua Malo, mais il nous a déjà dit qu'il n'y reviendrait plus, ce qui ne nous avance pas à grand-chose.
- Je vois…

Katie sembla réfléchir intensément, puis releva la tête.

- Il faudrait prévenir Kelly également. D'après ce que vous dites, il en a aussi après elle ?
- C'est vrai, je n'y pensais plus, avoua Edgar. Je passerai au camping aujourd'hui pour l'avertir de faire attention, elle aussi. Mais vous êtes la première sur sa liste, Katie.

Celle-ci réfléchit, puis demanda.

- Vous vous rappelez hier matin, madame de Chevillé ?

- Quoi donc ?
- J'ai eu toutes les peines du monde à amener Dojo avec moi pour sa promenade matinale.
- Oui, je me souviens, il était plutôt dolent. Et alors ?
- Il a été drogué pendant la nuit, dit Katie avec décision. J'avoue que je ne comprenais pas son attitude, ni pourquoi je devais le traîner derrière moi…
- C'est irresponsable de sortir aussi tôt le matin sans aucune autre protection que Dojo ! s'écria Manon, exaspérée.
- Elle a raison, appuya Edgar avec sévérité. Katie, vous vous mettez en danger sans nécessité.
- C'était pour aider votre ami policier, protesta Katie. Cela lui évitait de venir ici pour l'emmener faire sa promenade quotidienne, voilà tout.

Malo regarda soudainement le bout de ses pieds et toussota, gêné, tandis que son visage s'empourprait. Manon se tourna vers lui comme une furie.

- Ne me dis pas que c'est toi qui l'as suggéré ! fulmina-t-elle.
- Ce qui est fait est fait, intervint Edgar pour calmer les choses, mais par pitié à l'avenir, Malo, si cela vous embête de venir si tôt promener Dojo, appelez-moi !
- Tu ferais mieux, rugit Manon en lui lançant un regard appuyé.
- Revenons au présent, fit Bénédicte de Chevillé en fronçant les sourcils. Que cherchait Shaun ici en droguant Dojo ? A ma connaissance, personne n'a tenté de pénétrer ici en cassant une fenêtre ou en forçant une serrure !
- C'est une bonne question, reconnut Manon en fronçant les sourcils. Une fois Dojo neutralisé, qu'est-ce qui l'empêchait de continuer ?
- Peut-être voulait-il seulement tester le soporifique sur lui ? suggéra Katie.

- C'est une possibilité, bien sûr, fit Malo un peu sceptique, pour évaluer combien de temps le somnifère lui donnait…
- Mais ce n'est pas très probable, compléta Edgar. Connaissant le caractère de Shaun, impulsif et sanguin, il aurait tenté sa chance tout de suite. Que venait-il donc faire ? Vous êtes sûre qu'il n'a pas tenté de pénétrer dans la maison, Bénédicte ?
- Certaine, déclara celle-ci d'un ton définitif. L'alarme n'a pas été déclenchée.
- Il sera difficile de trouver la réponse à cette question tant qu'il n'aura pas été appréhendé, donc la véritable question à l'heure actuelle, intervint Katie, c'est où se cache-t-il en ce moment – et que compte-t-il faire ?
- Il y a beaucoup de granges et de bâtiments abandonnés dans le coin où il pourrait trouver refuge, réfléchit Malo. Je peux en dresser une liste au moins approximative, et nous pouvons les visiter en cours de journée avec Manon. Qu'en pensez-vous ?
- Faites attention à vous, dit aussitôt Bénédicte de Chevillé. Vous n'aurez peut-être pas la même chance qu'Edgar si vous tombez sur lui, il peut devenir violent.
- Nous serons armés, et prendrons toutes les précautions nécessaires, approuva Manon en hochant la tête. Sans vouloir vous offenser, Edgar, nous sommes des professionnels, ce qui n'est pas votre cas. Nous viendrons ce soir vous faire un récapitulatif des endroits que nous aurons visités.
- Vous ne m'offensez pas du tout, l'assura Edgar, et après hier soir, je suis content que vous soyez tous deux armés. J'avoue que je crains ce que ce jeune homme peut faire maintenant, surtout s'il est découvert…

Chapitre 21 – La veillée mortelle

Tard ce soir-là, les deux policiers et Edgar se trouvaient de nouveau réunis chez Madame de Chevillé afin de faire le point. Personne n'était à l'aise, car si Shaun avait drogué Dojo une première fois, il pouvait récidiver – et pénétrer dans la maison avec des conséquences mortelles pour Katie. Cela semblait de toute façon indiquer qu'il savait maintenant où la trouver. Kelly avait été prévenue au camping de ne pas sortir pour le moment, et avait semblé terrifiée d'apprendre que Shaun se trouvait également en Bretagne, connaissait sa présence sur les lieux et se vengerait d'elle le moment venu.

- Chou blanc sur toute la ligne, résuma Malo en s'asseyant à la grande table de la salle à manger de la mairesse.

Il déploya une grande carte sur la table où des points se trouvaient encerclés, et où se penchèrent les têtes des différents intéressés dont Katie, qui montrait une combativité toute nouvelle à retrouver, voire affronter Shaun.

- Manon et moi avons commencé par le nord, pour nous rapprocher ensuite de Kerdavallec, et avons inspecté tous les endroits que Shaun aurait pu squatter – et où il aurait pu installer un bivouac de fortune. Nous n'avons découvert aucune trace d'habitation récente. Si le temps est doux et permet de camper à la belle étoile pour le moment, il se rafraîchit de plus en plus, et cette possibilité me semble de moins en moins pertinente. Quoi qu'il en soit, Corentin est formel, Shaun n'a jamais essayé de profiter de son camping aménagé à Kerdavallec.
- J'ai refait un tour sur le voilier par acquit de conscience, car vous avoir dit qu'il n'y reviendrait pas était peut-être un coup de bluff de sa part, reprit Malo, mais sans résultat. De plus, à notre connaissance,

Shaun n'est pas motorisé, ce qui exclut les opportunités plus lointaines, et il a besoin de se trouver à proximité de Kerdavallec pour ourdir ses plans. Il doit aussi se nourrir, et il reste des vivres dans la réserve du vieux druide. Cela ne nous laisse plus grand-chose comme possibilité.

- Mais il a su où amarrer son voilier presque tout de suite après son arrivée, cela ne vous semble-t-il pas bizarre ? Il bénéficie peut-être de complicités ici, à Kerdavallec, suggéra Edgar.
- Je suis d'accord, approuva Bénédicte. Je connais la crique du Minec'h, vous savez, et elle n'est pas du tout indiquée sur les circuits touristiques de voile, ni dans les coins de pêche ou de villégiature – il faut que ce jeune irlandais ait obtenu de quelqu'un de local l'information sur cet endroit et la possibilité d'y mouiller son bateau en toute sécurité. Et puis, pour relier le pont du voilier au sommet de la falaise avec une échelle de corde, il a dû bénéficier d'une complicité, non ?
- La seule personne qu'il ait rencontrée ici, et qui d'ailleurs l'a payé de sa vie, c'est le vieux druide Yvon Le Goat, d'après ce qu'il a dit à Edgar, objecta Malo. On peut faire mieux comme loup de mer.

A cet instant, Edgar se remémora quelque chose… un souvenir en lien avec ce que le curé de Kerdavallec lui avait dit de son vieil ami.

- Mais si ! s'écria-t-il avec feu. Yvon Le Goat pouvait très bien l'avoir renseigné ! Le père Gildas m'a dit qu'il grimpait très bien aux arbres pour cueillir le gui et il avait été marin dans sa jeunesse… il devait connaître la passe entre les rochers et l'existence de la crique du Minec'h ! Je suis certain que c'est lui qui a indiqué à Shaun où mouiller en toute sécurité près du village.

- Cela ne lui aura guère profité, dans ce cas. Pauvre homme, s'apitoya la mairesse.
- Cela ne nous renseigne pas beaucoup plus sur la cachette actuelle de Shaun, tempéra Manon d'un air morose, avec sa lucidité habituelle. Plus encore, nous sommes encore moins armés pour le débusquer ! Ce vieil homme peut avoir indiqué à Shaun des cachettes inconnues de vous tous, s'il connaissait si bien que cela la région. Ce qui explique que nous soyons passés à côté de lui pendant la journée dans nos recherches.

Pendant un moment, les participants s'entre-regardèrent, indécis. Puis Manon continua avec fermeté.

- S'il sait où trouver Katie ce soir, nous ne pouvons prendre aucun risque. Vous devez la déménager tout de suite – Dojo peut l'accompagner comme protection, bien sûr – mais il ne faut pas qu'elle continue à rester ici plus longtemps.
- Quoi ? Mais où irais-je ? demanda Katie, clairement déçue et prise au dépourvu.
- Ne soyez pas ridicule, voyons, intervint Edgar tout aussi fermement que Manon. Qu'il s'agisse de mon logement, ou de celui de Malo, de la maison des Poulpiquet, ou bien du bed and breakfast de monsieur et madame Guihéneuf, les options ne manquent pas pour vous mettre en sécurité en tout cas pour cette nuit. Et puis, l'exposition marche bien et d'autres de vos toiles ont été vendues dans les derniers jours – vous pouvez même emménager à Quiberon à vos frais avant de vous rendre directement à Dublin. L'essentiel est de vous mettre hors de portée de Shaun.

Katie se rembrunit, et mordilla sa lèvre inférieure en semblant soucieuse.

- Fuir, toujours fuir devant lui, marmonna-t-elle. Mais à Dublin, il me retrouvera tout aussi facilement. Je n'en aurai jamais fini avec lui, il me poursuivra jusqu'à la fin de mes jours.

- Vous pourrez demander la protection de la police de Dublin à votre retour, intervint Manon. Mais pour ce soir en tout cas, nous ne prenons aucun risque.
- Le plus simple est d'emmener Katie au bed and breakfast de monsieur et madame Guihéneuf, proposa Edgar. Ils ont encore plusieurs pensionnaires, et sa présence passera inaperçue. On peut demander à cette brave Jocelyne de lui monter ses repas dans sa chambre pour plus de sûreté.
- Cela me paraît une bonne solution, opina Malo. Qu'en penses-tu, ma… heu… Manon ?
- Oui, cela semble bien.

Katie était restée silencieuse pendant le temps de ces échanges, le regard fixé sur la carte et semblant réfléchir intensément. Tout à coup, elle poussa un cri de triomphe.

- J'ai trouvé ! Je sais où Shaun se cache !

*****

Le soir venu, des personnes se rendirent à intervalles réguliers près de la maison d'Yvon Le Goat, et se postèrent à différents endroits stratégiques, ayant bien en vue l'habitation. Edgar et Katie (accompagnés de Dojo), ainsi que Malo et Manon se tenaient à distance et guettaient le moindre signe de vie à l'intérieur de la maison silencieuse. Toutes les portes et les fenêtres étaient surveillées.

Edgar convenait que l'idée de Katie ne manquait pas de justesse. Si Shaun avait sympathisé avec Yvon Le Goat à son arrivée, ce que semblaient indiquer ses empreintes digitales retrouvées dans le logis, alors Shaun avait dû se dire que revenir habiter la maison après le décès du vieux druide ne poserait aucun problème. Le vieil occupant était mort et enterré, et la police avait déserté les lieux après les constatations d'usage. Il fallait un certain cran pour revenir ainsi sur le lieu de son crime, mais Shaun n'en manquait pas.

Un ululement de chouette déchira la nuit, faisant sursauter Edgar. On n'entendait plus que la vague murmure des vagues dans le lointain, mais la maison était presque éclairée comme en plein jour grâce à la pleine lune. Katie regardait autour d'elle, anxieuse. Tous les efforts pour la dissuader de venir les accompagner avaient été vains. Elle avait absolument tenu à faire partie de leur équipe, arguant qu'elle constituait une cible plus facile isolée qu'en groupe, ce qui ne manquait pas de logique. Finalement, Malo avait cédé, mais avait exigé que son garde du corps canin vienne avec elle, et avait aussi enjoint à Edgar de ne pas la quitter d'une semelle.

Edgar avait pris la précaution d'emmener un thermos de café, et avait recommandé à Malo de faire de même, en vue d'une veille qui s'annonçait longue et fastidieuse. Même si Shaun était présent dans la maison, il avait tout intérêt à ne pas se faire remarquer, et ne signalerait pas sa présence. Malo s'était demandé s'il ne fallait pas investir le logis dès leur arrivée, mais Manon l'en avait dissuadé – Shaun s'était sans doute ménagé des issues de sortie rapides s'il entendait quelqu'un entrer dans la demeure, et risquait de leur filer entre les doigts. Malo avait les clés de l'entrée principale, et attendait d'être sûr de la présence de Shaun pour le surprendre.

A côté d'Edgar, Katie était tendue comme un arc, les yeux fixés sur la maison silencieuse, guettant le moindre signe ou mouvement, tandis que les minutes puis les heures commençaient à s'égrener lentement.

Ils étaient en faction depuis deux heures et on approchait de minuit lorsqu'Edgar se figura avoir entendu du bruit à l'intérieur, mais cela ne se répéta pas. Il attendit quelques minutes, puis se décida à avancer sans bruit. Katie ignora totalement son signe de la main de rester en arrière, et s'approcha à ses côtés. Ils devaient surveiller la façade avant, et Edgar crut apercevoir un mouvement dans l'ancienne salle de séjour du vieux druide, mais sans en être sûr. Il se décida à s'y diriger un peu plus, dans l'intention de jeter un œil par le coin de la fenêtre heureusement sans volets et brillamment éclairée par la lune, lorsqu'un craquement se fit entendre qui le fit s'immobiliser quelques secondes. Il s'avançait à nouveau précautionneusement lorsqu'un mouvement rapide arracha un cri étouffé à Katie, qu'Edgar se hâta de bâillonner de sa main. Le doigt tremblant de l'adolescente pointait désespérément sur la fenêtre où le beau visage d'Erin venait de s'encadrer et semblait les regarder, nimbé de la lumière fantomatique de la lune.

Chapitre 22 – Suicide ?

Katie, yeux agrandis, semblait paralysée par la terreur et prête à défaillir, mais Edgar comprit aussitôt.

- Bon sang, Katie, gardez votre calme. Il s'agit seulement de son portrait, celui qui avait été dérobé dans votre appartement, souffla-t-il de manière presque inaudible, Shaun l'a appuyé contre la fenêtre. Vous aviez raison… il s'est réfugié chez ce pauvre Yvon Le Goat maintenant que son bateau est repéré. Nous sommes à présent sûrs qu'il se trouve à l'intérieur. Ne bougez surtout pas.

Edgar sortit lentement et sans geste brusque un minuscule talkie-walkie de sa poche, précaution que les compères avaient prise pour communiquer s'ils apercevaient quoi que ce soit de suspect.

- Il est là, souffla-t-il à l'intérieur. Dans le salon sur l'avant.

Puis Edgar se tourna vers Katie.

- Ne bougez surtout pas, vous m'entendez ? Pas d'un centimètre. Revenez vous mettre à couvert.

Il rampa de nouveau vers la porte d'entrée en contournant un gros buisson et attendit quelques secondes, jusqu'à voir une silhouette se découper à la lumière de la lune de l'autre côté du mur.

- Je suis là, murmura tout bas Malo. Manon continue à garder la porte arrière. Vous êtes sûr que Shaun est là ?
- Certain, fit Edgar. Il a appuyé le portrait d'Erin contre la fenêtre du salon. Vous pouvez entrer ?
- Allons-y. Je vais essayer de ne pas faire de bruit en ouvrant la porte.
- Faites attention, le prévint Edgar. Si j'étais Shaun, j'aurais entreposé des choses à l'arrière de la porte

pour être sûr d'être prévenu si quelqu'un essayait d'entrer.

- Vous avez raison, approuva le policier.

Mais de fait, dès que Malo eut tourné la clé dans la serrure, un tintamarre assourdissant retentit à l'intérieur du logis.

- Merde ! s'écria Malo sans cérémonie. Il sait que nous sommes là, maintenant !

Il donna un coup d'épaule dans la porte pour la faire s'ouvrir, sans autre résultat qu'un gémissement de douleur.

- Vous avez raison, il a entassé des choses derrière pour nous empêcher d'entrer ! rugit-il, dépité.
- La fenêtre ! s'exclama Edgar. Venez !

Mais à cet instant, deux fortes détonations retentirent à deux secondes d'intervalle, en même temps qu'un cri perçant et prolongé.

- Mon dieu ! s'écria Edgar. C'est Katie !

Un bruit de verre brisé leur apprit qu'on avait lancé un projectile contre la fenêtre, et les deux hommes coururent vers celle-ci où Katie, debout et lèvres blanchies, tenait encore une pierre à la main. Elle la lança contre la fenêtre, paniquée.

- Il a… il a tiré ! D'abord sur moi, mais il m'a manquée, et puis après sur lui. Il faut entrer ! Il a… il a…
- Mais enfin, qu'est-ce qui vous a pris de vous montrer ? gronda Edgar, ulcéré.
- Il a jeté au feu le portrait de Katie ! cria-t-elle, hystérique. Regardez !

Dans la pièce rougeoyait un feu dont les flammes vives projetaient des ombres sur un corps inerte étendu à terre. Malo repoussa la fenêtre mais Katie fut plus rapide que lui et se glissa à l'intérieur à toute vitesse. Elle se pencha sur le corps malgré le cri d'avertissement d'Edgar et lui prit le pouls.

- Mon Dieu ! Il est mort ! Il est mort ! s'écria-t-elle.

Malo, plus souple qu'Edgar, monta à son tour par la fenêtre et la rejoignit en trois enjambées, puis désigna le revolver qui gisait à côté du corps.

- C'est le mien ! Je le reconnais !
- Le portrait ! s'exclama Edgar en regardant l'âtre.

Mais il n'y avait plus rien à faire de ce côté-là. L'accélérateur dont Shaun avait visiblement généreusement aspergé la toile ne permettait aucun secours, et l'effigie d'Erin se tordit dans son cadre un bref instant pour se consumer et disparaître à jamais en quelques minutes. Ils ne purent que contempler le désastre. Lorsque la dernière parcelle de toile eut disparu, Katie s'approcha de la cheminée les yeux noyés de larmes.

- Au revoir pour de bon, Erin, murmura-t-elle. Je suis désolée.

Les deux hommes reportèrent leur attention sur le corps à la tête ensanglantée, puis Malo appuya sur l'interrupteur et la lumière électrique inonda la pièce à flots.

- Il avait aussi un couteau, remarqua Edgar en voyant la lame briller à côté de l'autre main de Shaun. Pas de doute sur ses intentions meurtrières.
- Il a vraiment tué Erin pour de bon, en tout cas, sanglota Katie en regardant le feu. C'était tout ce qui me restait d'elle.

Elle s'agenouilla près de l'âtre en essayant pathétiquement de ramasser quelques bouts de toile non calcinés, mais il ne restait pas grand-chose du portrait. De plus, Yvon Le Goat avait visiblement l'habitude de brûler tout et n'importe quoi dans sa cheminée, dont une forte odeur émanait maintenant. Edgar s'approcha et distingua des vieux chiffons, quelques longs cheveux noircis et même de vieilles arêtes et bouts d'os de volaille épars parmi les cendres, et au milieu les petits bouts de toiles, seuls vestiges du portrait d'Erin que son amie avait exécuté. Edgar alluma une lampe et s'approcha des débris qui luirent un instant dans la lumière crue, puis il secoua la tête et lui dit gentiment.

- Vous ne parviendrez qu'à vous salir en farfouillant là-dedans, Katie. De plus, vous avez certainement d'autres photographies de votre meilleure amie, lui dit Edgar pour la consoler.

- Oui, mais ce ne sera plus pareil. Pourquoi a-t-il fait cela ? Pourquoi me priver du plus beau souvenir que j'avais d'elle ?
- Que s'est-il passé, Katie ? demanda Manon qui venait de s'encadrer dans l'embrasure de la porte, visiblement entrée par l'arrière de la maison.
- Asseyez-vous avant de répondre, et calmez-vous, lui dit Edgar gentiment car il avait remarqué que ses jambes tremblaient.

Katie tituba jusqu'à une chaise et enfouit son visage baigné de larmes entre ses mains.

- C'est lorsque vous avez fait le bruit près de la porte d'entrée… Shaun – du moins je suppose que c'était lui a retiré le tableau très vite. C'est alors que j'ai vu le feu dans la cheminée, il a jeté la toile dedans. J'ai crié en sortant à découvert, du moins je pense, et il a dû me voir… c'est alors qu'il a souri et a tourné son arme vers moi… mais je ne suis pas sûre qu'il m'avait reconnue. Ensuite, oh ! tout s'est passé très vite, il a dû vous entendre arriver, et il a retourné son arme contre lui et s'est écroulé. J'étais en état de choc, puis tout à coup lorsque j'ai vu en un éclair le tableau qui brûlait, j'ai lancé une pierre dans la vitre pour entrer et essayer de le sauver. Et puis… et puis vous m'avez rejointe, et vous savez le reste.

La voix de Katie était saccadée, et elle bredouillait presque avec ses explications. Peut-être le soulagement que son tortionnaire était maintenant hors d'état de nuire venait de la frapper, mais elle regarda le corps avec presque de la pitié.

- Le pauvre, dit-elle. Qu'est-ce qui lui a pris de venir me poursuivre ici ? Qu'est-ce qu'il me voulait, au juste ?

- On ne le saura jamais, murmura tristement Edgar. Ce qui est sûr, c'est que vous êtes libre maintenant, Katie. Votre mauvais génie n'est plus, à présent.
- Mais pourquoi s'est-il suicidé, s'il tenait encore Katie en joue ? demanda Manon, sourcils froncés. A sa place, j'aurais tiré jusqu'à être sûre d'avoir accompli ma vengeance.
- Peut-être ne l'a -t-il pas reconnue, intervint Malo, elle se tenait à contrejour de la lune. Et puis lorsqu'il nous a entendus faire notre barouf, il a compris que plusieurs personnes encerclaient la maison, et il a paniqué.
- Ou alors, il a pu croire qu'il avait effectivement tué Katie du premier coup. Vous vous êtes couchée tout de suite, sans doute ?
- Je ne sais plus, frémit-elle. Je me rappelle m'être instinctivement baissée d'un coup… et lorsque je me suis relevée un peu, il y avait eu un autre coup de feu, il était allongé à terre dans la pièce et le tableau brûlait.
- Shaun a donc pu croire qu'il vous avait bien atteinte, conclut Edgar. Il m'avait dit que sans Erin la vie n'avait plus de sens pour lui. Peut-être avait-il prévu cette issue depuis longtemps…

Il y eut un moment de silence, où tous les assistants contemplèrent le corps sans vie de Shaun étendu à terre et les cendres noires de l'âtre. Puis Manon poussa un profond soupir, et décrocha son téléphone pour appeler la police de Vannes.

Chapitre 23 – Explications

Personne ne s'était couché avant longtemps, cette nuit-là. Lorsque la police était arrivée, elle avait procédé aux constatations d'usage, puis avait interrogé chacun des participants, il était plus de trois heures du matin lorsqu'ils furent enfin congédiés.

Ce fut tard dans l'après-midi du lendemain qu'Edgar appela son fils Fergal à Dublin et lui raconta toute l'histoire en lui recommandant d'avertir tout de suite la famille de Shaun s'il en existait encore à part son oncle marin-pêcheur, et le père O'Leary au sujet des obsèques – même s'il doutait de la possibilité d'un service religieux en cas de suicide. Fergal lui promit de faire passer le message et sembla sincèrement affecté par la perte de cet ami d'enfance, peine d'autant plus aggravée par les circonstances tragiques de son décès.

- Je ne l'aurais jamais prévu, répétait-il, incrédule. Shaun était si plein de vie, si fonceur… pour moi, c'était la dernière personne au monde à vouloir mettre fin à ses jours.
- Je le sais bien, soupira Edgar. C'était aussi l'impression qu'il m'a faite, mais à notre dernière rencontre, il avait changé. Je suppose que la mort du vieux druide y était pour quelque chose. Sans doute ne voulait-il pas continuer à vivre et regarder un assassin dans la glace chaque matin…
- Il est probable que tu aies raison. Mais c'est une affreuse histoire, et paraît si éloigné de son caractère… compte sur moi, en tout cas. Je vais contacter le père O'Leary tout de suite.

Edgar remercia son fils, puis s'occupa de diverses choses en retard dans sa librairie, solda les comptes de la galerie d'art en compagnie de Sophie et en profita pour faire un récit circonstancié de toute l'affaire à Vicky, qui l'écoutait oreilles grandes ouvertes. Ce ne fut qu'à l'heure du goûter qu'il vint faire un tour dans la galerie d'art pour trouver une Sophie assez guillerette quant aux derniers résultats de la vente des œuvres de Katie.

Le soir venu, Malo lui téléphona.

- Edgar ? j'ai eu les résultats préliminaires par la police de Vannes. Il s'est tiré une balle en plein dans la tempe droite, et la mort a été instantanée. L'arme gisait juste à côté de sa main avec ses empreintes dessus, et la blessure était nette et sans bavure. Il n'a pas eu le temps de se servir du couteau, mais on peut en déduire qu'il avait résolu de faire passer un sale quart d'heure à Katie de manière plus prolongée si jamais elle lui tombait sous la main vivante. Il a dû croire qu'il l'avait tuée avec le premier coup… Par ailleurs, on a retrouvé certaines de ses affaires personnelles dans la maison d'Yvon Le Goat, c'est donc bien là qu'il avait élu domicile après son départ du voilier. Savez-vous s'il avait de la famille ?
- Shaun est orphelin et fils unique, c'est ce qu'il m'avait confié en Irlande, dit Edgar. Mis à part son oncle marin, je ne sais pas s'il a d'autre famille, mais Fergal va prévenir le curé local qui connaît tout le monde là-bas, il s'occupera de mettre au courant d'éventuels autres parents.

Edgar poussa un gros soupir au téléphone, et Malo sut aussitôt ce à quoi il pensait.

- Ce n'était pas votre faute, Edgar. Il avait choisi de s'engager dans cette voie. On peut seulement s'estimer chanceux que Katie soit saine et sauve. C'était à un cheveu, nous risquions de déplorer deux cadavres au lieu d'un.

Après quelques minutes, Malo ajouta.

- Vous savez quels sont les projets de Katie ? Va-t-elle rentrer en Irlande tout de suite, ou attend-elle la fin du mois d'octobre ?
- Je passerai chez Bénédicte tout à l'heure, et lui poserai la question.
- Pauvre gosse. Cela va être un retour bien morose pour elle. Les tragédies se sont multipliées.
- Je sais. Quelque part, vous savez, je me reproche la mort d'Yvon Le Goat, qui n'avait rien à voir avec la vengeance personnelle de Shaun…
- Mauvais karma, résuma Malo de manière lapidaire. Il n'aurait pas dû se mêler ainsi des affaires d'autrui.
- Et oui, c'était exactement ce que Shaun disait aussi de lui… reprit Edgar avec émotion. Vous savez, je crois qu'aussi extraordinaire que cela paraisse, ce jeune irlandais l'aimait bien. Il a dû être vraiment désolé de le tuer, mais ne pouvait pas risquer d'être dénoncé.
- Un malade, ronchonna Malo en raccrochant. Allez Edgar, je vous souhaite une bonne fin de journée.

*****

Edgar se rendit le cœur un peu lourd vers le domicile de Bénédicte de Chevillé, ce soir-là. Quoi qu'il ne l'aurait admis pour rien au monde en public, il avait bien aimé Shaun, et l'aimait bien encore. Peut-être parce qu'il comprenait sa douleur, ayant eu tant de mal à accepter le départ de Dottie. Personne ne pouvait comprendre ce genre de tourment, sauf ceux qui l'éprouvaient un jour dans leur vie – et Edgar ne le souhaitait à personne. Quant à Katie, éthérée et si fragile, il avait voulu la protéger de sa colère vengeresse, peut-être parce que lui-même n'avait jamais eu de fille. Quoi qu'il en soit, c'était fini maintenant…

Tristement, il poussa le portillon et sonna à la porte d'entrée, après avoir franchi le petit jardin coquet et si bien entretenu de la mairesse.

Katie devait le guetter à travers la porte, et lui ouvrit avant qu'il ne sonne.

- Monsieur Spencer ! Je suis contente de vous voir !

Et effectivement, elle paraissait heureuse. Ses cheveux blonds argentés, ses yeux gris et son teint pâle apparaissaient animés comme par une vigueur nouvelle. Edgar savait que malgré son émotion de la veille au soir, et même si elle ne l'aurait jamais reconnu devant lui, un nuage noir s'était éloigné à présent de son futur immédiat. A moins d'avoir vécu des mois et des mois durant dans la crainte d'une attaque, on ne pouvait taxer son soulagement et sa joie nouvelles de cruauté. Même si c'était au prix d'une autre mort violente, Edgar reconnaissait que Katie pouvait légitimement s'épanouir à l'heure actuelle, même s'il aurait préféré que ce ne soit pas si ouvertement affiché.

Katie remarqua l'air quelque peu triste et misérable de son vis-à-vis et s'exclama aussitôt.

- Pardon, monsieur Spencer. Je manque de charité en exultant si vite après la mort de ce pauvre Shaun… mais voyez-vous je suis si contente maintenant que ma vie puisse enfin s'écouler paisiblement. J'avais peur d'être agressée à chaque coin de rue, je peux l'avouer maintenant.
- Je comprends, dit-il.

Edgar se secoua. Après tout, il venait parler de choses sérieuses à Katie.

- Je suis venu vous demander si vous comptiez repartir tout de suite à Dublin afin de vous installer pour la prochaine rentrée universitaire, ou si vous comptiez rester encore quelques jours parmi nous. D'ailleurs à ce sujet…

Edgar mit dans la main de Katie une enveloppe.

- Merci de m'avoir envoyé l'identification de votre compte bancaire, voici le reçu du virement que je vous ai adressé ce matin avec la quote-part du prix des œuvres vendues. Je pense que vous trouverez le montant suffisant pour votre logement, au moins dans la première année d'études. Qu'en pensez-vous ?

Katie semblait avoir du mal à parler lorsqu'elle découvrit le montant de sa gratification. Elle sauta au cou d'Edgar, ce qui l'embarrassa car elle s'accrocha à lui convulsivement.

- Voyons, voyons, Katie, ce n'est que la récompense du produit de votre travail ! Vos aquarelles du bord de mer ont été particulièrement appréciées.
- Vraiment, vous avez été mon âme secourable tout au long de cette épreuve, monsieur Spencer ! le remercia Katie. Si vous saviez comme cela a été horrible pour moi, sur le coup. Je hais les armes à feu, et serais bien incapable d'en manier une… et lorsque j'ai vu Shaun pointer le canon vers moi, j'ai cru ma dernière heure venue…
- N'y pensez plus, Katie. Mais vous n'avez pas encore répondu à ma question, que comptez-vous faire ?

Katie eut une mimique expressive, et réfléchit un moment avant de répondre.

- Il me faudrait au moins le temps de terminer ma dernière toile, et mon travail en cours, dit-elle enfin. Je n'ai pas encore tout fini, et tient à ce que tout soit parfait. Et puis, maintenant que Shaun est hors d'état de nuire, j'inviterai Kelly à me retrouver dans un endroit public. Je suis sûre que je pourrai la convaincre de la culpabilité de Brendan, la pauvre. Ça ne me fait pas plus plaisir qu'à elle, d'ailleurs.

- Si vous la rencontrez en prenant toutes les précautions, d'accord, accepta Edgar tout de suite. Et nous ne vous mettons pas dehors, bien sûr ! D'ailleurs, grâce à la vente de vos toiles, il y a moins de bagages qu'à votre arrivée.
- Et moins de soucis aussi, reconnut-elle.
- Vous... euh…

Edgar ne savait pas trop comment aborder le sujet, puis finit par demander.

- J'espère que vous n'êtes pas trop émue de la perte du portrait d'Erin. Je sais combien celui-ci était cher à vos yeux.
- Cela a été un rude choc sur le coup, mais je pense maintenant pouvoir en refaire un autre, d'après des photos d'elle que j'ai en Irlande, sourit Katie. Et il sera encore plus beau que le premier.
- Je vous le souhaite, fit sincèrement Edgar. Et j'espère que vous ne garderez pas un trop mauvais souvenir de votre séjour à Kerdavallec.

Il ajouta, pratique.

- Combien de temps vous faut-il ? Maintenons-nous vos billets de retour d'origine ?
- Oui, le 2 novembre me convient tout à fait, sourit Katie.
- J'espère que la suite de votre parcours se passera bien.
- J'en suis sûre, et ce sera grâce à vous.

Edgar n'en était pas aussi sûr, mais souhaitait vraiment que les décès qui avaient parsemé la route de Katie appartiennent maintenant au passé.

Chapitre 24 – Départ et arrivée

Le lendemain matin lors de sa toilette, Edgar s'agaça car il constata que son postiche – très peu de personnes savaient qu'il portait une perruque pour dissimuler sa calvitie, et il se montrait particulièrement sensible sur le sujet – avait été très légèrement endommagé sur le côté. Prenant une minuscule paire de ciseaux à ongles, il coupa une ou deux petites mèches de l'autre côté et remit vite les choses en ordre. Pointilleux comme il l'était, il se recula puis sourit en constatant que l'équilibre avait été rétabli. Lui qui faisait toujours très attention, où avait-il bien pu perdre des cheveux ? se demanda-t-il. Grommelant contre lui-même, il ouvrait comme de coutume sa librairie lorsqu'il vit Malo remonter la grande rue avec deux gros sacs sous le bras.

- Bonjour Edgar, pardon de venir si tôt ! J'ai tenu à vous les amener tout de suite, ce sont les affaires du jeune Shaun que nous avions retrouvées chez Yvon Le Goat. Je me rends de ce pas sur le voilier - nous avons retrouvé les clés de la cabine sur le corps – pour prendre le reste des affaires personnelles de ce pauvre type. Comme vous essayez de contacter la famille, j'ai pensé que vous saurez quoi en faire le moment venu.
- Comment comptez-vous ramener le voilier à Quiberon ?
- Pour cela, le propriétaire a été contacté et mis au courant des circonstances, il va venir sur place le ramener à bon port. Monsieur Guihéneuf a gentiment proposé ses services pour négocier la passe des Minec'h.

Non sans émotion, Edgar vit que le bonnet marin duquel était coiffé Shaun lorsqu'il était venu le voir dépassait d'un des sacs.

- Bien sûr, laissez-les ici, proposa-t-il. Je m'en occuperai ce soir.

- Vous allez avoir de la compagnie, fit Malo en repartant. Nous sommes mercredi, je vois que les canetons arrivent déjà pour leur jour habituel de ragots.
- Elles ont augmenté leur dose depuis l'été dernier, reconnut Edgar avec le sourire. Maintenant, tous les mercredis, elles s'installent comme chez elles au coin café en jacassant toute la journée et ne s'arrêtent que pour déjeuner à la crêperie d'à côté. Sophie et Enzo leur font des prix, je crois.
- Bon, je vous laisse, fit Malo peut-être un peu trop vite. A bientôt, mon vieux. Je passe la journée à Vannes aujourd'hui.

Et il disparut plus vite qu'une gazelle affolée, faisant sourire Edgar. Même s'il connaissait de longue date l'exactitude impitoyable des analyses menées dans le coin café de la librairie, la dissection féroce des trois vieilles dames sur la vie des uns et des autres faisait encore frémir le pauvre policier– et il faut dire que rien n'échappait à leurs yeux de lynx dans tout le village. Lorsque le tintement bien connu de la porte d'entrée retentit, Edgar salua chaleureusement ses trois vieilles amies.

- Oh, monsieur Spencer, cette histoire a dû terriblement vous éprouver ! s'exclama Loulou en secouant ses cheveux blond platine, une lueur d'anxiété dans les yeux.

Edgar ressentit un élan de reconnaissance. Sous leurs allures de commères invétérées, chacune des trois vieilles dames possédait un cœur d'or et Edgar savait qu'elles l'affectionnaient particulièrement.

- Oui, je reconnais que malgré ce qu'a pu faire ce jeune homme, j'aimais bien Shaun que j'avais rencontré là-bas, en Irlande, reconnut-il. Mais je ne peux m'autoriser à regretter sa mort, maintenant que Katie et peut-être aussi les autres membres de ce groupe druidique sont à l'abri de sa vengeance.

Les trois commères le dévisagèrent avec sympathie, avant que Fifi ne prenne la parole.

- Vous nous avez déjà exposé les grandes lignes de cette tragédie, en Irlande… mais nous ne vous avons guère vu ces derniers temps, peut-être pouvez-vous nous éclaircir davantage ? De plus, que s'est-il passé exactement hier soir ? Il a menacé votre jeune amie Katie ?
- Il lui a tiré dessus, oui.

Et Edgar expliqua longuement les circonstances de leur guet devant la maison d'Yvon Le Goat et les évènements qui avaient suivi.

- Cette jeune fille s'est exposée à un tir provenant de la fenêtre ? Mais je croyais que vous lui aviez dit de se cacher ! s'horrifia Riri.
- Le portrait de son amie constituait sans doute un appât pour Katie, réfléchit Edgar. Lorsqu'elle a vu que Shaun allait brûler sa toile, elle n'a pas réfléchi et s'est avancée de sa cachette en plein dans la lumière de la lune. A ce moment-là, elle constituait une cible facile.
- Elle se trouvait derrière la fenêtre, c'est cela ? A cette distance, c'est un miracle qu'il l'ait manquée ! continua Riri en fronçant les sourcils.
- Il l'avait manquée déjà à Goddard Park, vous savez, et n'avait fait que lui donner une blessure superficielle au bras. Je ne sais pas s'il était si bon tireur que cela, finalement, et c'est ce qui est venu au secours de la pauvre fille.
- Je ne comprends toujours pas pourquoi il ne s'en est pas pris à ce… Brendan, c'est cela ? C'est ce que n'importe qui aurait fait à sa place ! Mais peut-être ne le croyait-il pas coupable ?

- D'après Shaun lui-même, si, c'était bien lui le coupable du meurtre de cette jeune Erin. Il semble qu'il l'ait reconnu devant lui.

Et Edgar raconta à ses trois vieilles amies presque textuellement les échanges qu'il avait eus en direct avec Shaun, la veille de sa mort, que les trois vieilles femmes écoutèrent respectueusement. Finalement, Loulou poussa un soupir et déclara.

- Je vois, d'après ce que vous dites ce pauvre garçon s'en serait pris à chacun des membres du groupe de ce fatal soir, les uns après les autres. Katie a été la première car elle avait amené la jeune Erin à ces réunions, je comprends…
- Et on n'a jamais retrouvé ce fameux cahier de sortilèges de l'oncle de Brendan ? Si oui, on aurait dû le détruire il y a de cela longtemps ! Cela a provoqué tellement de drames ! s'horrifia Fifi.
- Non, on n'a jamais remis la main dessus. D'après Katie, il ressemblait à un cahier banal d'écolier. Personnellement, je pense que Brendan l'a détruit ou bien l'a jeté avant d'être arrêté.
- Mais s'il l'a caché en lieu sûr, cela veut dire qu'il risque de recommencer ces affreuses cérémonies, sitôt sorti de prison, réfléchit Loulou. Cela n'a rien de réjouissant.

Fifi prit la parole et ajouta d'un ton lourd d'angoisse.

- D'ailleurs, Yvon Le Goat je pense vous l'avait bien dit, cela ne ressemble en rien à du druidisme.
- Et qu'en savez-vous ?

Fifi sursauta, gênée.

- Oh ! Euh… eh bien il m'est arrivé de ramasser aussi des herbes pour des tisanes afin de soigner mon mal de dos, voyez-vous.
- Vraiment ? intervint Loulou, un pli légèrement condescendant aux lèvres.

Fifi l'ignora, et se tourna vers Edgar.

- Je connais bien la différence, voyez-vous, monsieur Spencer. D'après ce que vous m'avez dit, il s'agirait de vieux rites celtes qui datent d'avant l'ère chrétienne, mais je pencherais plutôt pour quelque chose de moins éloigné… à mon avis, ces pauvres enfants étaient tombés sur un fou qui se prenait pour un sorcier païen. Ce cahier en apparaît la preuve, il semble que le groupe avait un lien plutôt malsain avec lui. La seule chose bizarre, c'est que ce soit un banal cahier d'écolier. En fait, habituellement les sorciers choisissent quelque chose de plus orné, de plus clinquant pour y consigner leurs pratiques occultes.
- Je ne vous savais pas si au fait des goûts des sorciers, ma chère Philomène, ne put s'empêcher de remarquer Riri avec un léger sourire indulgent.
- Et ce cahier - s'il existe - serait la preuve irréfutable qu'il ne s'agit pas de druidisme ? dit Edgar, qui souriait aussi.
- Yvon connaissait quantités de remèdes à base de plantes, et de tisanes pour soulager beaucoup de maux communs. Avez-vous trouvé un genre de livres de recettes chez lui après sa mort ? Non, n'est-ce pas, car les druides ont un savoir essentiellement oral, qu'ils se passent de l'un à l'autre, triompha Fifi.

Edgar n'était pas convaincu, mais après tout lui et Malo n'avaient rien cherché de ce genre chez le druide après son assassinat, et ce livre de recettes existait peut-être bel et bien. Il préféra ne pas contredire sa vieille amie. Après réflexion, il se promit de demander la clé à Malo et aller faire un tour chez Yvon Le Goat à l'occasion, pour vérifier cela par lui-même. Après tout, si Fifi se trompait, il lui arrivait de souffrir de son canal carpien de temps à autre. Si le vieux druide avait connu et consigné la recette d'une décoction capable de soulager les élancements des nerfs, cela ne serait pas perdu pour tout le monde.

- Et puis, continua Fifi sur sa lancée, le druidisme se base sur les plantes et les arbres, enfin le règne végétal, alors que ce genre de grimoire contient des potions ou des sortilèges qui demande des rognures d'ongle des victimes, ou des bouts de leurs vêtements, ou que sais-je encore, en psalmodiant des incantations stupides ! Cela n'a rien à voir avec la connaissance des propriétés des plantes, qui est utilisée même dans les médicaments modernes.
- Bref, les potions d'un marabout de bas étage, résuma Edgar. Je vois ce que vous voulez dire, Fi… Philomène. On ne peut qu'être heureux que tout soit maintenant terminé.

Même s'il savait que les trois amies connaissaient leurs sobriquets respectifs, et semble-t-il, s'en fichaient comme de l'an quarante, il ne se résolvait pas à les employer directement devant elles. A cet instant, le téléphone d'Edgar sonna et à sa grande surprise, il reconnut la voix du père O'Leary.

- Allô, monsieur Spencer ? Vous vous souvenez de moi ?
- Père O'Leary ! Mais bien sûr ! Fergal a dû vous prévenir de la tragédie concernant Shaun, je vous présente toutes mes …
- Oui merci, coupa l'ecclésiastique sans cérémonie. Mais je ne vous appelle pas pour cela. Dites-moi monsieur Spencer, je voulais savoir si votre proposition de m'accueillir chez vous en Bretagne tient toujours.

Edgar, pris au dépourvu, balbutia.

- Mais... euh… oui, bien sûr, aucun problème. Que se passe-t-il ?
- Il faudrait que je parle à Katie au plus vite, lui expliqua le prêtre, et je sais qu'elle part directement à Dublin

après son départ de Bretagne. Je suis allé voir Brendan à la prison pour lui annoncer la mort de Shaun, ainsi que l'arrivée de Kelly en Bretagne, et j'ai des craintes maintenant pour Katie.

- C'est à cause de la mort de Shaun ? Ou du danger que peut présenter Kelly ?
- Oui et non. Je ne peux pas vous entretenir de cela au téléphone, monsieur Spencer. Je pense arriver d'ici deux jours maximum à Kerdavallec, nous pourrons en discuter à ce moment.

Chapitre 25 – Préparation du jour J

Plus tard dans la matinée, Edgar abandonna sa bien-aimée librairie et ses trois vieilles amies concentrées sur les dernières vicissitudes de la pharmacienne pour se rendre chez Bénédicte de Chevillé. Celle-ci s'était rendue à la mairie, et il tenta d'obtenir de Katie ce dont le père O'Leary voulait l'entretenir, mais elle n'en avait pas plus d'idée que lui sur la question.

- Brendan a dû enfin lui parler de ce fatal soir… ou peut-être du détail des rites qui y étaient pratiqués ? Vous verrez le sujet précisément avec lui lorsqu'il arrivera, monsieur Spencer. Mais s'il a peur pour ma sécurité, d'après ce que vous dites, vous pourrez au moins le rassurer. Je ne pense pas être en danger à l'heure actuelle, même si les dernières semaines n'ont pas été de tout repos.

Elle sourit, et Edgar trouva qu'en effet, son anxiété et sa crainte appartenaient désormais au passé, ce dont il se félicitait.

- Je suis assez d'accord, nous verrons bien, approuva-t-il. Où en êtes-vous de vos projets, maintenant ?
- J'ai commencé le tri de mes affaires chez madame de Chevillé, et passerai aussi reprendre quelques vêtements dans l'appartement situé au-dessus de la galerie car je crois que je n'avais pas tout vidé. Je compte aussi vous laisser les toiles et aquarelles non vendues, et au cas où une nouvelle acquisition surviendrait je vous laisserai aussi mes coordonnées bancaires pour que vous puissiez m'envoyer ma quote-part par virement, je sais que je peux avoir toute confiance en vous.
- Merci beaucoup, je suis honoré, Katie, dit Edgar, très touché. Alors, c'est la fin ?
- La fin ? La fin de quoi ? demanda-t-elle, prise au dépourvu.

- Mais de votre séjour, voyons !
- Ah ! Oui, c'est vrai, je ne compte pas revenir en Bretagne de sitôt.
- Malgré les péripéties que vous avez traversées, j'espère que vous avez quand même apprécié votre séjour ici ?
- Oh oui ! Il y a ici des paysages tellement beaux… La côte est absolument magnifique. Certains sites ont des atmosphères mystérieuses, particulières que je ressens et je comprends pourquoi beaucoup de peintres sont venus ici. C'est assez intimidant de réaliser que ces superbes vues de falaise et de pierre seront encore là bien après notre disparition, un peu comme si elles avaient en elles une part d'éternité.
- On peut remercier Bénédicte de Chevillé pour cela, elle qui se bat pour préserver la beauté du littoral sauvage contre les promoteurs immobiliers, précisa Edgar un sourire aux lèvres.
- Oui, elle m'en a parlé et c'est pourquoi j'espère qu'elle restera de longues années la gardienne de ces fabuleux trésors. On se croirait dans un autre siècle, ici.
- On peut vite s'y ennuyer, cependant, tempéra Edgar. Que comptez-vous faire dans les quelques jours qui vous séparent du vol vers Dublin ?
- Le plus beau paysage pour moi est la vue depuis la falaise, là où il y a le promontoire pour les touristes, avec les bancs, vous savez ? C'est tellement reposant, là-bas. Je voudrais m'y installer et prendre quantité de croquis, d'ailleurs pouvez-vous venir m'y retrouver cet après-midi vers dix-sept heures ? J'ai une surprise pour vous, et la lumière est excellente à cette heure.

Se félicitant que Katie ne connaisse pas la véritable histoire de ce promontoire qui avait été endeuillé par quelques suicides et décès pas très avouables depuis le siècle passé, Edgar approuva à haute voix – la vue était en effet on ne peut plus superbe sur la côte.

- Mais il faut maintenant revenir à la réalité, intervint Edgar, pragmatique. Avez-vous contacté Kelly, comme vous le vouliez ?
- Oui, je pense la voir aujourd'hui, et ne vous inquiétez pas, j'ai tout prévu.
- Parfait. Avez-vous appelé votre grand-mère en Irlande pour lui dire quand vous arrivez à Dublin ?
- Ah, c'est vrai ! Je vous avoue que non, et avec tout ce qui s'est passé ici, je ne lui ai pas téléphoné une seule fois. Ne vous tracassez pas monsieur Spencer, je la contacterai dès mon arrivée là-bas. Je compte rester quelques jours dans un bed and breakfast à Dublin le temps de visiter le campus et trouver un logement étudiant. Grâce à vous, je peux maintenant me le permettre, même si je regretterai toute ma vie ne pas avoir pu partager un petit appartement ou louer deux chambres avec Erin.
- Si j'étais vous, je la contacterais maintenant, insista Edgar. Elle doit être morte d'inquiétude, si elle n'a eu aucune nouvelle de vous depuis près de deux mois.
- Mais non, je sais ce que je dis. Elle est d'avis que pas de nouvelles égale bonnes nouvelles.

Katie sembla hésiter, puis lui demanda.

- Excusez-moi, Edgar, mais puisque vous m'amenez à l'aéroport, pourrai-je amener mes affaires dans votre appartement au fur et à mesure de mon tri et du lavage des vêtements avant mon départ ? Il y a aura deux ou trois sacs de voyage et un carton à dessin, pas plus.
- Bien sûr, accepta aussitôt Edgar, vous n'aurez qu'à passer par la librairie et si je ne suis pas là, demandez à Vicky, elle a la clé. Mais je crois que je n'ai pas fermé le hall ce matin, vous pouvez entrer directement et déposer vos affaires.

En quittant le domicile de la mairesse, Edgar était assez rassuré sur la suite des évènements, mais n'était pas plus avancé sur les raisons qui poussaient ainsi le père O'Leary à vouloir à toute force rencontrer Katie avant son départ.

Edgar conservait tout de même quelques craintes, car après le coup de fil du prêtre irlandais il se demandait quel autre danger pouvait bien menacer maintenant l'adolescente. Son arrivée à Dublin, une grande ville anonyme, aggravait certainement son exposition à un des autres membres du groupe agissant sur les ordres de Brendan. S'il manipulait toujours les autres depuis le fond de sa cellule, et s'en était vanté auprès du père O'Leary, Edgar comprenait que celui-ci vienne en personne mettre Katie en garde contre un séide de son ancien petit ami.

Sur la route, Edgar lança du pied un gravier vers les buissons, agacé. Toute cette histoire, au départ assez simple, s'avérait pleine de ramifications et de complexités… Edgar avait beau essayer de se raisonner, une petite partie de lui-même susurrait de manière désagréable à son oreille que sa bonne action d'amener Katie ici temporairement pour la protéger de Shaun n'avait apporté que des ennuis à ses amis bretons, sans parler du décès brutal du pauvre Yvon Le Goat. Il ne pouvait s'empêcher de se sentir coupable, et se promettait que dans un futur proche, il leur revaudrait cela.

Il venait de franchir le seuil de sa librairie lorsque Vicky l'interpela – il avait à nouveau oublié son mobile à côté de la caisse. Riri, Fifi et Loulou avaient quitté le coin café pour la crêperie.

- On a tenté de vous joindre, boss.

Edgar vit deux appels en son absence, tous deux en provenance de l'Irlande, mais aucun n'émanait du père O'Leary. Etouffant un soupir, il rappela le premier numéro pour parler à une certaine Madame Kilkenny, la tante de Shaun, qui, très émue, le remercia de la peine qu'il avait prise pour que les effets personnels de Shaun fussent retournés à sa famille.

Cependant, elle-même et son mari désiraient obtenir seulement les papiers et photos personnelles de Shaun, mais ne souhaitaient pas récupérer ses vêtements.

- Donnez-les donc à des institutions charitables, là-bas, lui dit-elle, la voix tremblante. J'ai parlé au père O'Leary et vous remercie du fond du cœur de tout ce que vous avez fait pour lui. Cet accident qui lui a coûté la vie était une tragédie.

Edgar comprit que par diplomatie, maintenant que le jeune homme était mort, le prêtre n'avait pas jugé bon d'éprouver davantage la famille avec les crimes perpétrés par leur neveu. Il fit ce qu'il put pour lui aussi réconforter la pauvre femme.

Le deuxième appel sonna longtemps sans obtenir de réponse, et le message enregistré de la boîte vocale n'apprit en rien à Edgar l'identité de son deuxième correspondant. Il laissa cependant son nom en disant qu'il retournait un appel, sans autre précision que l'invitation à le recontacter.

Il se tourna ensuite vers Vicky.

- Ecoute, cela me gêne un peu de te le proposer ainsi, mais la famille du jeune irlandais propose que je donne ses vêtements à des organismes de bienfaisance.
- Et alors ? répondit Vicky en levant le sourcil.
- D'une part, je n'en connais pas ici, et d'autre part, la plupart des vêtements est comme neuve et de marque, il a dû acheter pas mal d'affaires de marin ici avant de venir, pour se fondre dans le décor. Je ne sais pas si cela est à la taille de Dylan, mais tu es la bienvenue pour piocher dedans. Même s'il est plus grand, Dylan est assez semblable en carrure à Shaun, si cela ne vous gêne pas trop.
- Oh non, merci de le proposer, boss. Je ne le connaissais pas du tout, ce type, après tout. Pas de problème, je verrai cela ce soir.

- D'autre, part, Katie m'a dit qu'elle viendrait apporter des affaires en prévision de son départ, c'est ok pour toi ?
- Oui bien sûr.
- Bon je te laisse, je vais faire les comptes avec Sophie à la galerie.

Une fois Edgar, parti, Vicky travailla un bon moment et servit plusieurs clients sur la presse et quelques fournitures scolaires introuvables au supermarché d'à-côté, sans compter des commandes de dernière minute de manuels scolaires épuisés ailleurs, puis leva la tête lorsque son mari entra – sa pause à l'hôpital leur permettait pour une fois de déjeuner ensemble. Dylan non plus n'avait pas connu Shaun, et se montra ravi de l'aubaine de pouvoir profiter de ses vêtements.

- Je peux les voir avant qu'on y aille ? demanda-t-il. Pas la peine que tu t'échines à tout trimballer, je ramènerai seulement les affaires qui m'intéressent directement à la maison avant de revenir à l'hôpital.

Dans le hall, deux gros sacs fermés et un autre plus petit et un peu à part attendaient sagement au pied de l'escalier. Dylan dézippa le premier et poussa une exclamation de satisfaction.

- Super, tu as vu ce pull ? Attends… j'essaye tout cela en vitesse. Monsieur Spencer a bien dit qu'on pouvait se servir ?

Il se mit rapidement torse nu et essaya plusieurs polos, t-shirt et pull-overs de marque qui lui allaient comme un gant. Les pantalons s'avérant trop courts sauf deux paires de jeans, il les abandonna à regret et ouvrit le dernier sac pour pousser un sifflement de surprise.

- Eh bien, regarde ça !

Vicky s'approcha et ouvrit de grands yeux.

En partie dissimulé par un T-shirt, un beau volume relié en cuir noir décoré d'incrustation dorées leur apparut. Dylan s'escrima pour essayer de l'ouvrir, mais il était verrouillé sur le côté par un minuscule cadenas.

- Drôle de truc à mettre dans des vêtements, grogna Dylan.

Vicky, très pâle, posa la main sur son bras.

- N'y touche pas.
- Pourquoi ?
- Je me demande… la police et monsieur Spencer cherchaient un livre de sortilèges de sorcier, en lien avec ces crimes. Je pense qu'on vient de le trouver.

Chapitre 26 – Les fils se dénouent

Edgar avait salué de loin ses trois vieilles amies à la crêperie et réglé son sandwich préparé par Enzo à l'avance, avant de se rendre d'un pas alerte vers sa galerie d'art. En constatant avec satisfaction les trous vides aux murs laissés par les acquisitions récentes, il s'attabla avec Sophie et avala rapidement son déjeuner avec elle - elle avait aussi amené sa boîte de déjeuner sur le pouce. Ils travaillèrent un long moment, et venaient de s'attaquer ensemble aux diverses factures et aux comptes du mois précédent lorsque le téléphone mobile d'Edgar sonna. Il constata qu'il s'agissait du numéro où il avait laissé un message sur la boîte vocale, et décrocha.

- Oui ?

Un bruit indistinct se fit entendre à l'autre bout du fil, puis une voix grêle au fort accent irlandais rural demanda si Katie Holmes était là.

- Non, elle n'est pas là pour l'instant. Qui est à l'appareil ?
- Je suis sa grand-mère.
- Vous êtes Madame Holmes ? Je suis Edgar Spencer, c'est moi qui ai emmené Katie en Bretagne pour qu'elle expose ses toiles.

La vieille femme siffla de mépris.

- Elle n'a jamais eu les pieds sur terre, cette fille, avec ses croûtes et des heures à rêvasser devant. Je lui ai toujours dit qu'il lui fallait un vrai métier et pas des bêtises pareilles. Sinon, elle va tourner comme sa mère ! C'est ce que je lui rabâche sans arrêt, mais elle n'écoute rien. Bien, j'appelle parce que le curé a dit que c'était là que je pouvais la joindre, et son père va nous rejoindre la semaine prochaine pour venir la voir, il a une permission.

- Ah, très bien, fit Edgar qui devinait que les relations ne devaient pas briller par une cordialité débordante entre l'aïeule et sa petite-fille. Je le lui dirai, mais je pense qu'elle va revenir directement sur Dublin pour ses études universitaires. Son père pourra peut-être la voir là-bas ?
- Je lui dirai, alors.
- Son père est militaire, c'est ça ?
- Ouais, il revient du Moyen-Orient. Mais vous n'êtes pas un de ces zigotos qui danse au clair de lune, au moins ? Parce qu'elle a déjà eu une sale histoire avec un type qui voulait faire ce genre de trucs, et une de ses amies a été tuée par ce dingue. Les jeunes d'aujourd'hui sont tous fous.
- Non, non, rassurez-vous, répondit Edgar qui ne put s'empêcher de sourire. Je lui passerai le message sans problème. Y a-t-il autre chose que vous voudriez lui transmettre ?
- Non, mais dites-lui qu'elle me manque. Quand elle était de garde, elle m'était bien utile pour effrayer les renards qui attaquaient nos moutons, et puis on pouvait revendre les fourrures en plus si elle leur réglait leur compte avec une bonne chevrotine entre les deux yeux.
- Je le lui dirai, l'assura Edgar en se promettant d'omettre la deuxième phrase. Vous avez un élevage, si je comprends bien ?
- Des moutons premier choix, pure race ! s'enorgueillit la fermière. On sait que les moutons des Holmes, c'est pas de la camelote ! Bon vous lui direz que j'ai appelé ?
- Sans faute.

Une fois qu'il eut raccroché, Edgar consulta sa montre. On approchait de dix-sept heures, Katie devait toujours être en train de faire ses esquisses en haut de la falaise, là-haut, il avait le temps de la rejoindre avant de revenir à la librairie.

- Bon, je vais retrouver Katie, Sophie. A bientôt.

Lorsqu'il fut parti en sifflotant, Sophie secoua la tête d'un air indulgent et résigné. Ce pauvre monsieur Spencer avait encore oublié son mobile derrière lui.

*****

Manon et Malo s'étaient retrouvés sur la plage, puis avaient déjeuné rapidement au domicile de Malo. Il y avait tellement de paperasse à remplir pour les deux dernières morts… d'autant que l'un des décédés n'était pas français mais étranger. Heureusement, il était citoyen européen ce qui facilitait quand même grandement la tâche. Bien sûr, Malo n'avait pas encore récupéré son arme de collection, mais était impatient de la voir lui revenir.

- En revanche, tu devrais te débarrasser de tes munitions, ou alors les mettre sous clé pour éviter ce genre d'incident à l'avenir, le tança Manon.
- Oui, chef, répliqua-t-il malicieusement.

Manon sourit. Elle n'aurait pas été capable de réagir aussi bien à cette taquinerie seulement un mois auparavant, réalisa Malo. La découverte du corps d'Yvon Le Goat au petit matin lui avait fait un choc.

- Bon, vérifions tout de même qu'il s'agit bien de la tienne.

Manon relut le rapport de la balistique qu'ils avaient reçu le matin même.

- Aucun doute, on a confirmation que l'arme dont s'est servi Shaun pour tuer Yvon Le Goat puis se suicider chez lui était bien ton pistolet. Il n'y en a pas d'autre aux environs, et tu es le seul collectionneur du coin. Le numéro de série remonte aux calendes grecques, mais tu ne l'avais pas noté, n'est-ce pas ?

- Je ne pensais pas en avoir besoin un jour, grogna Malo, toujours de mauvaise humeur lorsqu'on lui rappelait l'usage qui avait été fait d'un de ses fleurons de collection.
- Tiens, c'est bizarre…
- Quoi donc ?
- Eh bien, les empreintes de Shaun ont bien été retrouvées sur l'arme, mais les balles ont été essuyées et ne portent aucune trace de qui les a chargées, il n'y a même pas tes empreintes. Lorsqu'il a chargé l'arme, ce jeune irlandais devait porter des gants.
- Je ne vois pas en quoi c'est bizarre, répliqua Malo.
- Eh bien, il prend tant de précautions pour charger l'arme et aucune pour la manier ensuite à main nue, c'est quand même un peu étrange, non ?
- Il devait se dire qu'il aurait le temps de l'essuyer après avoir tué Katie, ou alors il s'en fichait s'il avait pris par la suite la résolution de se suicider, fit Malo avec bon sens, tout en haussant les épaules.
- Oui. Enfin, c'est quand même étrange…

*****

Edgar venait de quitter la galerie et prenait le chemin de la falaise lorsqu'il se surprit à tourner et retourner ses pensées sur cette sombre affaire. Quelque chose que la fermière avait dit avait ravivé son sentiment de malaise… quand l'avait-il éprouvé, déjà ? Lorsqu'ils regardaient le corps de Shaun à terre, se rappela-t-il. Quelque chose lui avait semblé bizarre… quoi donc ? Edgar avança plus lentement, essayant de se remémorer la scène. Shaun avait laissé tomber le pistolet de sa main droite, or Fergal lui avait dit en Irlande qu'il était gaucher au rugby… Ah, mais se rappela Edgar, il tenait un grand couteau dans la main gauche, donc elle était déjà occupée.

Puis il s'arrêta net, au beau milieu du chemin. Cela ne tenait pas debout. Voilà ce qui lui avait inconsciemment paru bizarre. Un pistolet, un couteau et un tableau à tenir à bout de bras, cela faisait beaucoup pour un seul homme. Shaun aurait posé l'arme quelque part avant de lancer le tableau dans le feu, puis il l'aurait reprise en main ensuite ? Non, cette hypothèse n'était pas tenable, il n'en aurait pas eu le temps. De plus, il se rappelait le cri prolongé que Katie avait poussé au moment où Shaun tirait sur elle… pourquoi crier, d'ailleurs ? Elle signalait ainsi sa position au tireur. Edgar se rappela alors d'autres circonstances, qui lui avaient paru normales sur le coup, et qui maintenant prenaient toute leur signification… le cri que le vacancier avait entendu le soir de la mort d'Yvon Le Goat… le cri entendu le soir où Erin avait été poignardée…

Il devint mortellement pâle. Il venait de comprendre, mais trop tard, gravissant sans réfléchir le sentier qui menait au promontoire de la falaise et où tant d'âmes avaient déjà péri, pour se trouver face à Katie assise tranquillement sur un banc qui dessinait des croquis dans un carnet, un grand carton d'artiste à ses pieds.

Chapitre 27 – Le fin mot de l'histoire

Edgar s'immobilisa, le souffle court et la bouche sèche, mais Katie l'avait entendu venir, et elle leva la tête en lui adressant un sourire chaleureux.

- Bonjour, monsieur Spencer.

Un bref instant, Edgar se demanda s'il n'avait pas imaginé ce qu'il croyait avoir deviné. Katie paraissait tellement normale… et si ce qu'il suspectait était vrai, de telles monstruosités auraient dû se voir sur son visage, non ? Devenait-il fou ?

- Je pensais bien que vous viendriez me rejoindre ici un jour, vous savez, continua-t-elle sur le même ton aimable. Vous ne croirez jamais ce qui vient de m'arriver.

Elle désigna du doigt le corps étendu à terre d'une jeune fille habillée en vacancière, aux cheveux roses.

- Kelly ? mais que s'est-il passé ? demanda Edgar, momentanément distrait.
- Vous aviez bien raison. C'est Kelly, la sœur de Brendan. Elle a voulu m'agresser, mais je me suis défendue avec un teaser que madame de Chevillé m'a prêté. Mais elle est tombée dessus, et il est hors d'usage, maintenant.
- Et vous l'avez neutralisée… je vois.

La fixation du regard d'Edgar troubla Katie.

- Que se passe-t-il ? Un problème ? Elle n'est pas morte, vous savez. Madame de Chevillé m'a dit que cela rendait seulement inconscient une à deux heures, et je ne voulais pas l'abandonner ici. Et puis, je vous attendais.

La libraire essaya de parler, mais seule une question rauque sortit de sa gorge.

- Vous savez très bien tirer avec une arme à feu, n'est-ce pas ? Pourquoi m'avoir menti ?

Katie haussa les épaules avec un soupir.

- Très bien, je vois que vous avez parlé à ma grand-mère… je vais vous expliquer. Mon père a la passion des pistolets et revolvers, et il m'a appris à m'en servir depuis que je suis haute comme trois pommes. Mais je ne dois pas l'avouer, car nous les utilisons habituellement sur des renards en pleine nuit pour protéger nos moutons, et cela pourrait nous amener des ennuis à la ferme, car la chasse est assez sévèrement réglementée. D'autant qu'on revend parfois les fourrures au noir. Cela vous va comme explication ?

Edgar ne répondit pas, et un silence s'installa.

- J'ai compris, Katie, dit enfin Edgar.
- Compris ? Compris quoi ? répondit-elle gentiment.

Après un autre long silence, le libraire demanda simplement.

- Pourquoi, Katie ? Pourquoi ?
- Pourquoi j'ai tué Erin, vous voulez dire ?

Le sang d'Edgar se glaça.

- Cela ne peut pas être vous ! protesta-t-il avec virulence. Erin a été tuée par Brendan, c'est Shaun lui-même qui me l'a dit.
- Brendan a eu la première responsabilité de la mort d'Erin en me montrant ce livre, c'est vrai. C'est pourquoi il ne s'est pas disculpé et a préféré s'accuser et rester là-bas en prison.
- Mais vous aimiez Erin ! C'était votre meilleure amie ! Pourquoi l'avoir poignardée, ce soir-là ?
- Mais cela me ragoûtait, je vous assure ! Vous ne croyez quand même pas que j'ai pris du plaisir à faire une chose aussi affreuse ? Lorsque je vous ai dit qu'Erin me manquait terriblement, je ne mentais pas,

vous savez. Je gardais son portrait à portée de moi nuit et jour pour me souvenir d'elle.

- Et pour d'autres raison aussi, coupa brutalement Edgar. Voilà pourquoi Shaun savait que vous réagiriez s'il essayait de le détruire par le feu…
- L'âme d'Erin était emprisonnée dans le portrait, dit Katie aussi calmement que si elle parlait de la pluie et du beau temps. C'était une porte ouverte entre le monde des vivants et celui des morts… le passage.
- Vous croyez être une banshee, n'est-ce pas ?

Les yeux de Katie s'illuminèrent de joie.

- Vous avez compris cela ? Et moi qui pensais que personne ne le réaliserait jamais ! Comment avez-vous deviné ?
- Le cri de la banshee, murmura Edgar. Ce cri que pousse la sorcière au moment de la mort de quelqu'un… c'était à cela que servait cette élection au sein du groupe pseudo-druidique, n'est-ce pas ? Déterminer qui devait mourir pour ouvrir le passage entre les deux mondes ?

Katie inclina la tête, puis étouffa un soupir.

- Le meilleur d'entre nous… et c'est tombé sur Erin, à mon grand désespoir. Brendan a essayé de me cacher le résultat de l'élection, mais je l'ai volé, et j'en ai été dévastée. Je pensais que Brendan me l'avait dissimulé car c'était moi l'élue, et que je devrais me sacrifier, partir pour ouvrir le passage… et lorsque j'ai découvert qu'il s'agissait d'Erin, vous ne pouvez imaginer ma souffrance. Elle qui était si jolie, qui jouait si bien de la harpe, qui pour moi était l'âme même de l'Irlande… Je n'avais pas voté pour elle, ce sont les autres qui l'avaient désignée, je vous le jure.
- Mais je devine que personne n'était au courant des conséquences pour la personne élue ? demanda Edgar d'un ton acide.

- Personne, sauf Kelly. Elle avait dû comprendre le sens de l'élection, ou avoir des soupçons… et elle s'est empressée de voter pour Erin, afin de la faire disparaître en espérant récupérer Ryan pour elle. Comme si elle aurait pu regarder une seconde ce lourdaud !

Elle regarda un instant le corps inanimé de Kelly à ses pieds et reprit.

- Voilà pourquoi Kelly tenait tant à faire innocenter son frère… la culpabilité devait l'étouffer, j'ai su qu'elle s'était rendue plusieurs fois à la prison pour le supplier de clamer son innocence. J'avais voté pour moi-même afin de ne mettre personne en danger, Shaun, Kelly et Ryan s'étaient prononcés en faveur d'Erin, tandis que Brendan avait laissé en blanc son bulletin. Erin avait voté pour moi… Quel cauchemar lorsque j'ai connu le résultat…

Katie terrifiait Edgar, sa folie était tellement enracinée en elle qu'elle ne réalisait même pas l'horreur de son acte. Les larmes qu'elle avait versées pour pleurer son amie étaient sincères… et c'était bien le plus épouvantable.

- Katie, arrêtez ! déclara-t-il d'une voix forte avec un pas en avant. Rien de tout cela n'est vrai, vous croyez à un monceau de sottises !
- Ne blasphémez pas, monsieur Spencer. Brendan a essayé de m'arrêter, lui aussi, et vous voyez où cela l'a mené ?
- Pourquoi s'est-il laissé arrêter et punir à votre place ? Pourquoi vous a-t-il laissée en liberté, au lieu de vous dénoncer ?
- Au début, je pensais qu'il avait compris que nous devions maintenir le passage ouvert coûte que coûte, puis j'ai réalisé qu'il était écrasé par la culpabilité… Il s'en voulait tellement de m'avoir laissé lire ce livre,

qu'il pensait qu'il était coupable de tout ce qui avait suivi.

Les mots que Shaun avait prononcés revinrent en mémoire d'Edgar. « *Oh oui, il était coupable. Il l'a reconnu d'ailleurs. Qu'il moisisse encore de longues années là-bas, c'est tout ce que je souhaite.* » Le jeune homme avait su que Brendan était innocent… mais qu'il estimait devoir expier ce que Katie avait fait à cause des âneries de ce stupide bouquin en purgeant sa peine.

- Brendan devait vraiment vous aimer, pour s'être sacrifié ainsi pour vous, et cela ne vous fait rien ? Pourquoi n'être pas venue à son secours ?
- Les banshees ne se marient pas, répliqua-t-elle sereinement. Il a fait son choix.
- Que s'est-il passé avec Yvon Le Goat ?
- Dès que Shaun est arrivé ici, il est tombé sur ce vieil homme et lui a tout raconté. Le pauvre homme se demandait qui croire… alors il m'a cambriolée pour avoir les preuves de ma qualité de banshee. Il savait quoi chercher, le passage et le livre de sortilèges… dès lors, il a été convaincu de la véracité des propos de Shaun, mais hésitait lui aussi à me dénoncer ouvertement.
- Cette histoire de journal intime d'Erin était un mensonge, n'est-ce pas ?
- Oui et pardonnez-moi, mais il fallait que j'invente quelque chose. Ce vieil homme m'a laissé un mot après avoir cambriolé mon appartement en me donnant les indications de son domicile et en disant que si je venais chez lui au rendez-vous fixé, j'aurais une chance de récupérer livre et portrait. Bien sûr, je suis venue. J'avais une arme avec moi, car lorsque j'ai vu la collection de Malo chez lui, j'ai subtilisé une des siennes au cas où Shaun me retrouverait.

- Et comment une banshee s'y connaît si bien que cela en armes à feu ? demanda Edgar en essayant de paraître sarcastique.
- Mon père est militaire, vous le savez. Il est dans la section des tireurs d'élite, et je vous l'ai dit, c'est lui qui m'a tout appris là-dessus.
- Et votre mère ? Est-elle vraiment partie de votre domicile ?
- Ils sont venus l'emmener un jour dans une voiture blanche, et je ne l'ai plus jamais revue… j'étais toute jeune, à l'époque. Je ne m'en rappelle pas bien, mais elle criait et parfois cassait des choses dans la maison.

Une folle furieuse, devina Edgar. Cela pouvait-il expliquer le dérangement mental de Katie ? Ce serait à la cour d'en décider, réalisa-t-il, amer.

Katie continua.

- Ce soir-là, nous avons longuement parlé mais il refusait de croire à la réalité du passage et aux pouvoirs des banshees, il voulait seulement que je me repente et me dénonce pour le crime contre Erin pour faire libérer Brendan, et que j'arrête ce qu'il a appelé « des folles superstitions ». Il m'a aussi dit que Shaun était près d'ici en lieu sûr, et voulait se venger, et que la seule manière de me protéger était de reconnaître ma culpabilité. Nous avons palabré pendant des heures… et au final, j'ai dû me débarrasser de lui pour fouiller dans sa maison et remettre la main sur le livre et le portrait.
- Ce pauvre homme a payé de sa vie sa tentative de vous raisonner ! Cela ne vous fait rien non plus ?
- Je ne l'ai pas fait souffrir, monsieur Spencer. Il n'y a pas une once de cruauté chez moi, je vous supplie de me croire. Je devais seulement reprendre le livre et le passage.

Edgar réalisa avec horreur qu'il la croyait. Le vieux druide était mort sur le coup par un tir de précision, sans souffrir aucunement.

- Et Shaun ! Que s'est-il passé, pour lui ?
- Shaun aimait Erin, lui aussi. Lorsque vous l'avez rencontré pour la première fois au service commémoratif d'Erin, il nous en voulait à tous en bloc indistinctement, mais il était persuadé que Brendan était le coupable. Et puis, il est allé le voir en prison…
- Et là, Brendan lui a dit qu'il n'était pas l'assassin ?
- C'étaient de bons amis d'enfance, il a dû lui jurer qu'Erin n'était pas morte de sa main, mais sans nommer le vrai coupable. A partir de là, Shaun en a sans doute tiré ses propres conclusions… Il a dû se dire que j'étais la seule personne pour qui Brendan accepterait de se sacrifier ainsi. Je pense qu'il n'en était pas sûr, c'est pour cela qu'il a seulement essayé de me faire peur à Goddard Park avec ces tirs de carabine… et c'est pour cela qu'il m'a suivie en Bretagne, pour avoir la certitude que c'était moi qui avais poignardé Erin ce soir-là.
- Et il a eu cette certitude lorsqu'Yvon Le Goat lui a montré le portrait et le livre qu'il avait dérobés chez vous, n'est-ce pas ?
- Je le pense, oui. Mais plus encore, il savait que ce druide m'avait laissé un mot me demandant un rendez-vous… et lorsqu'il a vu que cette entrevue s'était soldée par la mort du vieil homme, et que le livre et le portrait avaient de nouveau disparu, il n'a plus eu aucun doute.
- Le soir où Shaun s'est rendu chez Bénédicte de Chevillé… c'était pour les reprendre ?
- Il n'a pas eu besoin d'entrer dans la maison, puisque j'avais mis le passage, pardon le portrait, dans l'abri de jardin, à l'extérieur. Et je pense qu'il avait demandé

à Yvon de photocopier le livre pour avoir une preuve de rites de nos cérémonies, donc il n'avait plus besoin de l'original.

- D'où ce nom gaélique qu'il a demandé qu'on vous transmette… Le jour de la libération… la libération de l'âme d'Erin du portrait, n'est-ce pas ? Il était certain que cela vous ferait venir jusqu'à lui.
- Je savais ce qu'il comptait faire, et je ne pouvais pas le lui permettre, convint tranquillement Katie. Il allait détruire le passage et réduire tous mes efforts à néant, il fallait que j'aille l'en empêcher.
- Vous saviez déjà qu'il se cachait au domicile d'Yvon Le Goat ?
- Le druide lui avait donné une clé, d'après ce qu'il m'avait dit. Il ne pouvait donc être nulle part ailleurs. Voilà pourquoi j'ai tant insisté pour vous accompagner.
- Et que s'est-il vraiment passé, ce soir-là ?

Chapitre 28 – Le nouveau passage

Le vent bruissait toujours dans les arbres qui les entouraient, purifié par l'air iodé et vivifiant du large, tandis que le ressac de la mer en contrebas de la falaise venait se briser contre la paroi avec un bruit d'explosion assourdi, comme toujours à marée haute, même si sa profondeur n'était que d'à peine un mètre. Edgar avait une étrange impression d'irréalité dans l'explication qu'il avait avec Katie. C'est comme s'ils étaient hors du temps et de l'espace sur ce promontoire, avec les éléments rugissants qui les entouraient.

Il se secoua et reporta son attention sur la jeune fille, qui ne répondit pas tout de suite à sa question. Elle l'observait attentivement, et Edgar se rappela leur première rencontre muette à Goddard Park. Sentinelle glaciale et immobile en haut de l'escalier, vêtue de gris tandis que ses longs cheveux d'argent tombaient sur ses épaules, elle lui avait vaguement rappelé quelqu'un de familier… comment n'avait-il pas pensé à la banshee ?

Avec un sourire, Katie inclina la tête et dit.

- Je vois que vous le sentez aussi, n'est-ce pas ? Cet endroit est plein d'énergie, nul besoin de Cromlec'h de pierre. Toutes les âmes qui se sont noyées ou sont tombées ici nous entourent.
- Répondez à ma question, Katie. Qu'avez-vous fait ce soir-là ? répliqua Edgar, conscient qu'il fallait la maintenir à tout prix dans la réalité.
- Ce soir-là… Shaun voulait me poignarder, bien sûr, dans une sorte de justice poétique pour ce que j'avais fait à Erin. Il ignorait comment était mort le druide, et que j'avais toujours le pistolet de Malo en ma possession. Lorsque vous vous êtes absenté pour rejoindre votre ami policier à la porte, j'ai su que je tenais une opportunité, et ai enfilé mes gants. Et

comble de chance, c'est précisément à ce moment que Shaun a retiré le portrait de la fenêtre pour le jeter au feu. Sa silhouette était indistincte, mais mon père m'a appris à tirer sur les cibles mouvantes dans l'obscurité, et j'ai visé la tête pour donner cette impression de suicide, puis derrière moi pour bâtir l'illusion qu'il avait essayé de m'atteindre. Le reste n'a été qu'un jeu d'enfant. J'ai enlevé mes gants et ai ramassé une grosse pierre pour détruire les impacts de balle dans la fenêtre. Lorsque Malo est arrivé et que nous sommes entrés, j'ai feint de vérifier si Shaun était mort et ai glissé le pistolet à côté de lui en pressant ses doigts au préalable sur la détente.

- Il vous a fallu un tour de main remarquable.
- Détrompez-vous. Tout n'était que confusion, et vous vous agitiez… J'aurais pu le faire trois fois avant que vous ne remarquiez quelque chose.
- Et c'est là que vous avez fait votre première erreur… réfléchit Edgar. Le pistolet était à côté de sa main droite, or Shaun était gaucher.

Katie soupira alors.

- Je ne le connaissais pas aussi bien pour connaître ce détail. Mais ce n'était pas le plus important, car Shaun avait eu le temps, contrairement à ce que je pensais, de lancer le portrait dans le feu, refermant ainsi le passage. Lorsque j'ai constaté que le portrait avait été détruit, j'ai été très triste et aussi en colère contre Shaun. Erin était donc morte pour rien ? Être choisi comme élu pour ouvrir un passage est un immense honneur, je ne pouvais pas l'accepter, et même si j'avais aussi une autre solution à ma disposition, j'ai repris certains de ses cheveux dans l'âtre pour recommencer un rituel et créer un nouveau passage.
- Oui, je me rappelle que certains des cheveux retrouvés dans la cheminée étaient trop longs pour Yvon et

roussâtres, ce qui m'avait surpris quand j'avais éclairé la scène. Je comprends maintenant, il s'agissait de ceux d'Erin... Et vous les aviez mélangés à votre peinture ?

- Il faut que la substance de la personne soit incluse dans le tableau, précisa tranquillement Katie.

Edgar secoua la tête, navré.

- Je suis désolé, Katie... tellement désolé. Brendan avait raison, il est vraiment coupable de vous avoir montré ce fichu livre. Regardez ce que vous êtes devenue.
- Au contraire, il m'a révélé ma nature de banshee, que sans lui je n'aurais jamais découverte. Je savais pourtant que j'étais différente des autres enfants, déjà toute petite.

Edgar soupira. La pauvre enfant retrouverait-elle jamais la raison ? C'était peu probable tant sa névrose semblait profonde. Il espérait du moins que le jury ferait preuve de clémence au vu de l'instabilité mentale déjà présente dans sa famille. Elle était dangereuse comme un cobra et folle à lier, mais elle ne portait aucune arme et Edgar savait qu'il ne risquait rien physiquement d'une jeune fille aussi frêle. La pitié le submergeait. Au moins, il espérait du fond du cœur ne pas avoir à la maîtriser par la force pour l'emmener à la police.

- Venez, Katie, fit-il gentiment. Il nous faut redescendre maintenant.
- Oui, mais pas encore tout à fait.

Katie reposa son carnet de croquis sur le banc et désigna le carton à dessin posé à ses pieds.

- Vous vous rappelez que je voulais vous montrer ma dernière toile, dont j'étais très fière. Vous me permettez de le faire ici, avant la fin ?
- Bien sûr, acquiesça Edgar, les larmes aux yeux.

Rapidement, Katie défit les liens du carton et plaça devant lui une grande toile qu'elle appuya sur le banc.

- Voici mon nouveau passage, déclara-t-elle fièrement. Je ne pouvais faire moins, pour vous remercier de tout ce que vous avez fait pour moi.

Horrifié, Edgar contempla son propre portrait avec effarement.

*****

Malo et Manon compulsaient divers fichiers sur l'ordinateur de la police lorsque Vicky et Dylan débarquèrent en hâte dans le bureau, tenant à la main le livre richement armorié qu'ils avaient découvert dans les affaires entassées dans l'entrée.

- Regardez ce que nous venons de trouver dans les sacs que vous avez déposés dans le hall de monsieur Spencer ! s'exclama Dylan. On pense que c'est peut-être le fameux livre de sortilèges que vous recherchez, vous savez, avec ces trucs druidiques…
- Vous n'en êtes pas sûrs ? Demanda Malo.
- Il y a un cadenas, expliqua Vicky. Mais je mettrais ma tête à couper qu'il s'agit bien du livre que vous cherchez en relation avec ces crimes.

Les deux policiers échangèrent un regard surpris, puis Manon s'empara d'un coupe-papier dont elle entra la pointe dans la serrure minuscule du grimoire.

- C'est le seul moyen d'en être sûrs, commenta-t-elle laconiquement. Je promets de le refermer tout de suite s'il s'agit d'un journal intime ou de quelque chose de privé.
- Tu m'épates, chérie, dit Malo qui la regardait avec admiration.

Avec un claquement sec, la serrure s'ouvrit sous la lame et ils parcoururent rapidement le volume, puis firent la grimace.

- C'est indéchiffrable, on dirait du gaélique ou du vieil anglais… on ne peut rien en tirer, il faudrait demander à Edgar ce qu'il peut traduire là-dedans, observa Manon. En tout cas, ce type avait bien le livre avec lui, dirait-on.

- Je te jure que j'ai trié toutes les affaires avant de les déposer chez Edgar, et aucun livre n'en faisait partie, protesta fermement Malo. De plus, Katie a dit à Edgar que le livre de sortilèges était un banal cahier d'écolier.
- Ça m'a pourtant tout l'air d'être un recueil de sortilèges, contra Manon en tournant les pages à nouveau et en fronçant le sourcil. Regarde ces symboles cabalistiques à chaque page…
- Comment avez-vous pu le trouver dans les affaires de Shaun alors qu'il n'y était pas lorsque je les ai déposées ce matin ? demanda Malo. On a dû l'y ajouter après coup.

Vicky sursauta, et dit très vite.

- Mais on ne l'a pas trouvé dans les affaires d'un mec. Il y avait des vêtements de fille en dessous. Et monsieur Spencer m'avait dit que cette Katie allait déposer ses bagages dans le hall au fur et à mesure… elle aurait donc eu ce maudit grimoire entre les mains ?

Malo et Manon se regardèrent avec un malaise grandissant.

- Pourquoi aurait-elle menti sur l'aspect extérieur du livre de sorciers ? s'interrogea lentement Manon.
- Elle était là ce soir-là… ajouta Malo en hésitant. Sans qu'on la voie, elle aurait peut-être pu apporter le pistolet et le placer à la mauvaise main de Shaun ?
- Il faut qu'on parle à Edgar avant toute chose, décida Manon.
- Il n'est pas à la librairie, dit aussitôt Vicky.
- Essayons la galerie, alors.

Contactée par téléphone, Sophie ne se révéla pas d'une plus grande utilité mais leur apprit qu'Edgar était allé rejoindre Katie.

- Et cette Katie, où est-elle ? dit vivement Manon.

- Alors ça aucune idée, monsieur Spencer ne l'a pas précisé.

Malo courut comme un fou vers le bureau de la mairesse, ignorant au passage les protestations aiguës de son assistante Rozenn Maillant devant la porte qu'il ouvrit à la volée.

- Madame de Chevillé !

Celle-ci releva la tête d'un document sur lequel elle fronçait les sourcils.

- Oui, Malo ? Que se passe-t-il ? dit-elle, surprise.
- La jeune irlandaise est toujours chez vous ?
- Oui, jusqu'à son départ.
- J'y fonce, fit aussitôt le policier.
- Attendez ! le retint la mairesse en se levant. A cette heure-ci, elle prend des croquis ou peint sur la falaise, comme elle le fait deux ou trois jours.
- Mais je croyais qu'elle ne devait pas sortir de chez vous !
- Oui, mais cela n'est pas grave maintenant que ce jeune homme est mort. Et je lui ai donné mon arme d'auto-défense comme protection.

Malo, impatient, partait du bureau lorsqu'elle ajouta.

- San compter que Dojo, votre chien, l'accompagne toujours, cela lui fait de l'exercice et il est de taille à la protéger. C'est un chien d'attaque, après tout.
- Edgar est allé la rejoindre, on nous a dit, fit Malo tenaillé par une inquiétude grandissante.
- Oui, elle m'a dit qu'elle l'attendait depuis quelques temps déjà, pour le remercier de sa gentillesse envers elle.

Chapitre 29 – Requiescat in pace

Avec un sentiment d'angoisse absolue, Edgar dévisagea Katie, dont le beau visage lisse ne laissait transparaître que de la sérénité.

- Vous voulez me tuer à mon tour, c'est cela ? trémola-t-il, car malgré lui, sa voix tremblait.
- Vous méritez cet honneur, monsieur Spencer. Il n'est pas donné à tout le monde, vous savez.

Encore heureux, songea Edgar, sarcastique. Tout haut, il demanda.

- Et comment comptez-vous me faire passer de vie à trépas, si je puis me permettre ?
- Vous allez sauter de la falaise, dit Katie tranquillement. Ce sera propre et sans douleur, la chute vous tuera sur le coup. Il n'y a pas assez de fond ici, même à marée haute.
- Oui, eh bien mon passage vers l'au-delà m'appartient, Katie, et cela n'est pas de votre ressort, toute banshee que vous prétendiez être. Vous pouvez attendre longtemps. Et comment comptez-vous ne pas être soupçonnée de mon meurtre ?

Pour toute réponse, Katie lui désigna letas informe à ses pieds, d'où une mousse rose ornait le bout…

- Je comprends maintenant, elle ne vous a pas agressée, c'est vous qui l'avez attaquée ?
- Ne vous inquiétez pas, elle n'est qu'inconsciente. Je l'enverrai après vous au bas de la falaise, pour faire croire que vous vous êtes battus ensemble et avez basculé tous les deux. Il m'est facile de prétendre que Kelly voulait m'agresser et que vous êtes venu à mon secours. Lorsque j'ai appris son arrivée, j'ai su qu'elle pourrait m'être utile… je lui ai envoyé une note en lui

disant où me retrouver, et elle est venue ici sans méfiance.

- Mais moi, peut-on savoir comment vous comptez me persuader de sauter ? Vous n'avez plus d'arme d'auto-défense pour me neutraliser, et je suis plus fort que vous.

Un claquement de langue lui répondit, et avec un grondement sourd, Dojo, qu'Edgar n'avait pas remarqué jusqu'là, se leva de l'arrière du banc où il s'était allongé. En voyant Edgar, il se mit à gronder en découvrant ses crocs.

- Il n'a pas l'air de beaucoup vous aimer, dirait-on, observa la jeune fille d'un ton badin.
- Il n'aime personne, grinça Edgar, en manquant de perdre cœur devant la silhouette massive et musclée du molosse qui se découpait devant lui.

Le libraire réfléchit à toute vitesse. S'il voulait avoir une chance, il fallait continuer sur sa lancée et faire parler Katie le plus longtemps possible. Tout à coup, il eut une inspiration.

- Vous m'avez donc également subtilisé des cheveux ? demanda-t-il, et il se rappelait la manière dont Katie s'était dernièrement jetée à son cou, et au dommage constaté par la suite sur son postiche.

Celle-ci sourit franchement.

- Pour ne rien vous cacher, cela n'a pas été facile. Tout d'abord, dans votre salle de bains, je n'ai trouvé aucune brosse où prélever des cheveux – c'est ce que j'avais fait pour Erin. Il n'y en avait aucun qui traînait sur le lavabo, j'ai dû finir par vous les couper en catimini.
- Et vous vous êtes trompée.
- Que voulez-vous dire ?
- Ce ne sont pas mes cheveux.
- Comment ?
- Je porte une perruque. Votre passage risque d'avoir du plomb dans l'aile pour fonctionner correctement entre

les deux mondes, ma chère. Banshee ou pas, vous voilà victime du vieux truc de l'arroseur arrosé. Voilà ce qu'on gagne à essayer d'être plus fin que les autres.

- Vous… vous…

Katie sembla enfin déstabilisée, et après quelques minutes, dit d'un ton froid.

- Vous essayez de me mentir, c'est cela ? Rien de tout cela n'est exact ?
- Je n'ai dit que la vérité, mais enfin, permettez-moi de ne pas enlever ma perruque ici pour prouver mes dires, au cas où quelqu'un arriverait. Mais si dans ma salle de bains ne se trouvait aucune brosse ou peigne, ni aucun cheveu perdu, vous auriez pu vous en rendre compte toute seule. Alors, comment comptez-vous régler le problème ? Me couper les ongles avant de me balancer par la falaise ? Il faudra du ruban adhésif pour les faire tenir sur le portrait, ce qui lui enlèvera un peu de son cachet comme portail mystique. En tous les cas, ne comptez pas sur moi pour cracher dans votre peinture afin que vous fassiez des retouches.

La voix tremblante de rage, Katie s'écria.

- Vous vous moquez de moi, c'est cela ? Je suis une banshee, faites attention !
- Non, je ne me moque pas de vous, parce que vous semblez y croire sincèrement. Mais je ridiculise les délires stupides de ce livre. Cela suffit, Katie. Revenez à la raison, vous n'êtes pas plus banshee que moi.

Yeux agrandis de colère, Katie recula et se mit à crier.

- Dojo, attaque ! Attaque !

*****

Malo, Manon, Vicky et Dylan montaient rapidement le sentier qui menait au promontoire de la falaise lorsqu'ils entendirent des aboiements furieux et des grondements. Malo se mit alors à courir à en perdre haleine tout lançant de violents coups de sifflet – c'était le signal pour ses chiens de s'arrêter, quoi qu'ils fassent. Mais Wasa-ari et Féroce couraient plus rapidement que leur maître, et arrivèrent sur place avant lui. Edgar avait été renversé par l'animal et se protégeait la gorge des deux bras, mais gémissait car Dojo l'avait happé par un avant-bras et le secouait furieusement.

Féroce bondit, poil hérissé et ses jappements furieux ainsi que les coups de sifflet tout proches de Malo firent lâcher prise à Dojo. Lorsque son congénère doberman Wasa-ari se planta devant Edgar en grondant lui aussi contre son acolyte, Dojo recula, clairement désarçonné devant la boule de poils hystérique qu'était devenue Féroce.

- Dojo, attaque ! Attaque ! répéta Katie inutilement.

Mais celui-ci reculait toujours devant ses deux compagnons, désorienté.

Katie poussa alors un cri de rage, et se rua sur Edgar à terre avec quelque chose de brillant à la main – c'était un couteau à viande provenant de la cuisine de Madame de Chevillé. Mais elle n'eut pas le temps de parvenir à ses fins, car une silhouette agile la déséquilibra et lui saisit le poignet.

Edgar, maintenant protégé par les deux autres chiens, pantelant et choqué de l'attaque, se mit péniblement sur un coude, tandis que son avant-bras saignait abondamment. Malo venait d'arriver à son tour et saisit le collier de Dojo en lui intimant de se calmer ; pendant qu'il l'attachait au banc en hâte, Manon et Katie luttaient au corps à corps. Un violent coup de la main contre une pierre fit lâcher prise à Katie, mais elle se dégagea bientôt de l'étreinte de la policière et reprit l'arme pour la brandir au-dessus de la tête de Manon qui s'efforçait de la plaquer au sol pour l'immobiliser.

Alors un cri retentit, ainsi que le nom de Katie. Celle-ci se figea, et lâcha le couteau qu'elle s'apprêtait à plonger dans le dos de Manon avant de la repousser brutalement et de se mettre debout.

Vicky, à quelques mètres de là au bord du gouffre, tenait à la main le livre de sortilèges qu'ils avaient découvert et le balançait au-dessus du vide, sans aucune équivoque sur ce qu'elle comptait en faire.

Abandonnant aussitôt Manon, Katie s'élança vers elle pour être stoppée net par Dylan, arrivé en dernier, qui la ceintura de ses bras vigoureux. Mais il avait affaire à une furie qui n'était plus maîtresse d'elle-même, et elle mordit violemment le bras du jeune homme. Avec un cri de douleur, il la lâcha mais elle arriva deux secondes trop tard, Vicky venait de lancer le grimoire qui tournoya dans le vent un instant et piqua en flèche vers les eaux remuantes du dessous. La fidèle assistante d'Edgar ne demanda pas son reste et courut vers l'arbre le plus proche pour se mettre à l'abri. Mais sans aucune hésitation, Katie n'accorda même pas un regard à Vicky qui battait en retraite et se précipita dans le vide avec un grand cri, ignorant les exclamations d'alerte horrifiés de tous les présents.

Manon bondit sur ses pieds et courut jusqu'au bord de la falaise, bientôt rejointe par les autres, y compris par Edgar qui titubait, soutenu par Dylan.

Tout en bas, une chose claire flottait, noyée de cheveux argentés, au gré les flots agités du ressac.

- Plus rien à faire, résuma Manon, dépitée.
- C'était le dernier cri de la banshee, soupira Edgar en fermant les yeux.

Chapitre 30 – le prêtre

Bientôt remis de leurs émotions, Edgar et Dylan furent soignés et bandés en urgence par la pharmacienne du village et tous retournèrent vers le coin café de la librairie d'Edgar, encore sous le choc de ce qui venait de se passer. Même si le pouls et la respiration de Kelly étaient normaux, Dylan avait tenu à l'emmener en observation à l'hôpital jusqu'à son réveil, au cas où Katie aurait eu la main trop lourde avec l'arme de la mairesse. En attendant son retour, Vicky servit à la ronde des boissons chaudes tandis que, prévenue par téléphone, madame de Chevillé les y rejoignit ainsi que Riri, Fifi et Loulou dont le tam-tam aussi mystérieux qu'infaillible n'était jamais pris en défaut.

Au milieu des exclamation horrifiées, Edgar répéta la teneur de la dernière conversation qu'il avait eue avec Katie.

- Je témoignerai devant la justice irlandaise. En fait, Kelly avait raison. Il faut que Brendan soit relâché au plus vite, conclut-il.
- Mais c'est quoi, cette banshee dont vous nous parlez ? demanda Vicky.
- C'est une fée du folklore irlandais, une sorte de messagère des anciens Celtes entre le monde des vivants et le monde des morts. Elle annonce les décès à venir par un cri ou plutôt un hurlement, voilà la légende… Dieu seul sait ce que ce déséquilibré avait pu écrire à ce sujet dans ce maudit livre. Katie devait déjà présenter des germes de démence probablement hérités de sa mère, et elle a pris les idioties de ce grimoire comme argent comptant… ce qui a provoqué plusieurs morts, dont la sienne.

Malo se leva, dit d'une voix mal assurée, encore sous le coup de l'émotion.

- Je vais aller voir monsieur Guihéneuf, il ne pêche pas aujourd'hui. Nous… nous allons récupérer le corps.
- Mais Malo, je vous en prie, même si vous le retrouvez, laissez la marée descendante emporter ce maudit grimoire à jamais au fond de l'océan, il a fait assez de dégât comme cela, supplia Edgar avec un frisson. Yvon Le Goat avait raison, il était la clé de tout… et il insistait pour dire que les jeunes étaient facilement influençables… je n'ai pas compris, ou plutôt pas voulu comprendre qu'il parlait d'elle.

Il eut un pauvre sourire, et se tourna vers Manon.

- Si on m'avait dit un jour que vous me sauveriez la vie au péril de la vôtre… je vous dois d'être encore là, Manon. Merci de tout cœur.
- De rien, grommela-t-elle, mais on voyait que la policière semblait émue.
- Et merci à toi, Vicky. Encore une fois ! Ce n'est pas la première fois que tu viens à mon secours ou que tu me tires d'un mauvais pas, et je ne l'oublierai pas.
- Je voulais vous le dire, boss… vous aurez bientôt l'occasion de me témoigner toute la reconnaissance que vous voulez. Parce que j'aurai bientôt besoin de vous. Dylan et moi attendons notre premier bébé.

Au milieu des exclamations ravies, Edgar s'exclama.

- Tu n'aurais pas dû prendre tous ces risques pour moi, Vicky ! Et tu te tenais au bord de la falaise ! Imagine qu'elle en ait eu après toi, et non après le livre !
- Ne vous inquiétez pas pour cela, boss. Elle tenait trop à son torchon de grimoire moisi pour cela.
- Pardonne-moi quand même pour t'avoir mise en danger.
- Et puisque la mode est aux excuses, pardonnez-moi aussi, Edgar, fit Malo en se tournant sur le pas de la porte. Jamais je n'aurais cru que vous, ou n'importe qui d'autre, serait un jour attaqué par Dojo.

- Il semble que lui aussi avait été ensorcelé par Katie, le pauvre, mais n'oubliez pas que j'ai été sauvé par Wasa-ari et Féroce, cela rétablit l'équilibre. La mère Le Guirrec serait fière de son petit chien.

Et Edgar caressa Féroce à ses pieds qui émit un jappement joyeux. Malo eut un sourire, puis sortit.

- Vous aviez déjà compris que c'était elle la coupable, Edgar ? demanda Fifi, encore choquée par toutes ces révélations.
- J'ai été tellement aveugle… tellement aveugle. C'est seulement sur le chemin vers la falaise qu'une partie de la vérité m'est apparue. Le cri poussé avant chaque mort violente a été le point de départ. Les victimes n'avaient pas eu le temps de crier, alors pourquoi le meurtrier l'aurait-il fait ? Tout à coup j'ai eu une inspiration sur ces vieilles légendes irlandaises autour de la banshee. Et puis, j'ai pensé à nouveau à des circonstances qui m'avaient semblé étranges sur le moment mais auxquelles je n'avais pas donné la bonne signification.
- Lesquelles ?
- Par exemple, Shaun m'avait affirmé qu'Erin n'avait jamais posé pour son amie, alors que Katie disait le contraire. Sa grand-mère m'avait appris qu'elle savait très bien tirer avec une arme à feu, alors que là également, elle m'avait dit l'inverse… et puis, lorsque j'ai su que Shaun n'avait pas pu cambrioler l'appartement de Katie, sa version sur le journal intime de son amie volé avait beaucoup moins de crédit, car seul Shaun avait un motif pour s'en emparer.
- Vous aviez commencé à la suspecter ?
- Non. Croyez-le ou non, je ne voulais pas le croire. La culpabilité de Katie me semblait toujours si impensable, si fantastique… D'autant que Brendan ne l'avait pas dénoncée, et Shaun lui-même non plus. En

plus, on ne pouvait pas nier qu'elle éprouvait une sincère amitié pour Erin, et Brendan avait reconnu ouvertement qu'il était coupable du crime. Mais je comprends maintenant pourquoi. Il devait se sentir coupable de ce qu'il avait fait avec ce maudit livre… Shaun ne l'a jamais accusée non plus, car il voulait être sûr qu'elle ne finirait pas en prison comme Brendan, ou dans un asile, car cette punition lui semblait trop douce. Il fallait qu'elle reste en liberté pour qu'il puisse se venger. Si Shaun ne s'était pas montré si obstiné, Yvon Le Goat serait sans doute toujours en vie.

- Et pour vous-même, cela s'est joué à un cheveu, observa Manon.
- Vous ne croyez pas si bien dire, sourit Edgar, gloussant intérieurement.
- Vous étiez donc sa… victime sacrificielle suivante ? Elle voulait continuer ces rituels atroces ?
- Oui, et c'est ce qu'il y a de plus horrible, elle regrettait les assassinats qu'elle devait commettre… et son regret sincère de la mort d'Erin l'innocentait totalement à mes yeux d'avoir pu être pour quelque chose dans son assassinat. Quel idiot j'ai été…
- Vous nous avez amené une drôle d'invitée ici, monsieur Spencer, plaisanta Dylan qui venait de pousser la porte.
- Oui, et comme je m'en veux… Si je n'avais pas joué au bon samaritain en Irlande, tout ce gâchis…
- Se serait simplement produit ailleurs, coupa Vicky de sa voix décisive habituelle. Vous n'avez rien à vous reprocher, boss.
- En parlant de culpabilité… pourquoi ce Brendan s'est-il accusé à sa place ? demanda, Manon, clairement dépassée par cette circonstance.

- Je pense qu'il avait été dévasté de découvrir ce que sa petite amie avait fait en prenant au mot ce grimoire maudit…
- Et il a voulu payer à sa place ? Il a un grain, lui aussi, fit Dylan en haussant les épaules.
- Je vois. Le complexe du héros, fit Manon en secouant la tête d'un air réprobateur. S'il avait dit la vérité, des morts inutiles auraient pu être évitées.
- Je sais, et j'espère qu'un allié va bientôt venir ici afin que nous puissions remettre au moins celui-là sur le droit chemin… Autant l'une était irrécupérable, autant j'ai bon espoir pour l'autre.
- Qui cela ?
- Quelqu'un qui les connaissait tous depuis l'enfance… j'espère qu'il va m'aider à guérir Brendan, pour que tout cette histoire ne se termine pas en fiasco. Le mal que ce maudit livre a provoqué doit être mis en échec, pour que cette histoire ne se termine pas là.
- Vous parlez par énigmes, boss, observa Vicky.
- Je ne m'avoue pas vaincu, c'est tout. Ce damné bouquin n'aura pas le dernier mot.

Chapitre 36 – Visite sacerdotale

Deux jours après le décès de Katie, un visiteur inattendu entra dans la librairie où s'affairaient Vicky et Edgar, le bras toujours en écharpe.

- Bonjour, monsieur Spencer.

A cette salutation, le libraire releva la tête et sourit.

- Bonjour, père O'Leary. Cela me fait grand plaisir de vous voir ici. Malgré les évènements des derniers jours, j'espérais que vous viendriez tout de même. Vous avez fait bon voyage ?
- Très bon, merci. Je repars demain, car ma présence n'est plus vraiment nécessaire ici, d'après ce qu'on a bien voulu me traduire depuis mon arrivée dans la presse.
- N'en soyez pas si sûr. Kelly est déjà repartie, et elle sait que je vais me rendre en Irlande pour faire innocenter, Brendan, les démarches sont déjà en cours. Vous restez ici le temps de votre séjour, évidemment, nous avons à parler. Je préparerai une chambre et nous pourrons discuter de toute cette affaire, sans compter que je tiendrai ma promesse et vous ferai visiter les coins intéressants de la région en mode accéléré. Voici mon assistante, Vicky. Sans elle, je ne serai plus là aujourd'hui.
- Bonjour, Vicky, dit-il en français en inclinant la tête.

Celle-ci répondit à sa salutation et, devinant que les deux hommes voulaient deviser seuls, disparut dans la réserve.

- Vous étiez au courant, n'est-ce pas ? demanda Edgar.

L'ecclésiastique sourit sans répondre, et Edgar répondit à son sourire.

- Ne me dites rien, je devine que pour Brendan la meilleure manière de protéger Katie était de tout vous révéler en confession… vous seriez ainsi tenu au secret le plus strict.

Après quelques instants, Edgar ajouta.

- Et je pense que Brendan a dû craquer après la mort de Shaun, lorsque vous la lui avez apprise. Il s'est dit à juste titre que Katie avait récidivé, et ne pouvait plus porter seul tout ce fardeau. Sans compter qu'il devait aussi s'inquiéter pour sa sœur… à juste titre. J'espère que vous avez su trouver les mots pour le réconforter, il devait en avoir besoin.

Sans attendre de réponse, Edgar désigna le coin café au prêtre, où ils s'assirent tous les deux.

- Père O'Leary, j'ai longuement réfléchi après ce drame. Il est totalement injuste que Brendan reste plus longtemps incarcéré. Il n'a rien fait de répréhensible au regard des tribunaux.
- Il se juge sans doute avec sévérité sur un autre plan, répondit doucement le prêtre. C'est le premier pas vers sa rédemption.
- Sa mentalité est celle d'un autre temps, celle d'un martyr ou d'un héros. Il veut se racheter à ses propres yeux, mais ce dont il a besoin, j'espère que vous serez d'accord avec moi, c'est d'une mission à accomplir, qui puisse donner du sens à sa vie et la transcender. Il ne peut pas continuer à vivre ainsi, en ruminant une culpabilité qui n'est pas la sienne pendant toute son existence. J'espère que vous parviendrez à le convaincre, mon père.
- Je suis d'accord avec le portrait que vous brossez du caractère de Brendan. Et je vous rejoins également sur ce que vous proposez pour le sortir de là, car la prison se trouve aussi dans sa tête. Malheureusement, cela prendra du temps, fit le prêtre en hochant la tête.
- Je reviendrai avec vous en Irlande, vous savez.

Le prêtre leva un sourcil.

- Et pourquoi ?
- Vous êtes tenu au secret sur la vérité concernant cette affaire, mais pas moi. Je vais témoigner officiellement pour faire libérer Brendan, et apporter aussi le témoignage de ceux qui se trouvaient avec moi sur la falaise. La pauvre Kelly a frôlé la mort parce qu'elle croyait à l'innocence de son frère, et avec raison. Je lui dois bien cela. Et puis, vous n'avez pas échangé avec… avec elle quelques minutes seulement avant sa mort, mais moi si. Elle a agi délibérément, et en se fichant bien des conséquences pour Brendan, pour Kelly ou pour le pauvre Yvon, l'homme qu'elle a tué ici et dont le seul crime était d'essayer de lui faire ouvrir les yeux. J'ai bon espoir de le convaincre qu'il n'a pas à expier ainsi les horreurs que la banshee a pu commettre, d'autant qu'elle ne les a jamais regrettées et ne songeait qu'à continuer sa liste macabre.
- J'espère qu'il verra les choses avec vos yeux, dit simplement le prêtre, car tout ce que j'ai pu lui dire jusqu'à présent n'a pas servi à grand-chose.
- Je pense que nous pourrons lui concocter quelque chose à notre façon, sourit Edgar. J'y ai déjà réfléchi.

Epilogue

Le parloir de la prison de Dublin ne respirait guère ni la paix ni la joie, d'autant que la grisaille du dehors accentuait le côté sombre de la pièce. Après avoir passé les contrôles, les deux hommes attendaient débout sans parler. Lorsque le jeune homme entra, il cligna des yeux devant le père O'Leary, qu'il connaissait, et l'autre, un grand homme aux cheveux gris et au regard intelligent qu'il n'avait jamais vu auparavant. Ce dernier avait le bras en écharpe, comme s'il avait eu un accident. Il se laissa choir lourdement sur sa chaise et attendit. Les deux hommes, qui portaient chacun un paquet, s'assirent en face de lui, tandis que deux policiers restèrent non loin en faction.

- Brendan, dit doucement le prêtre, elle est morte.

Le jeune sursauta, puis se mordit la lèvre.

- Qu'est-ce qui s'est passé ? dit-il enfin.

L'autre, celui qu'il n'avait jamais vu avant, prit la parole à son tour et se présenta.

- Mon nom est Edgar Spencer, Brendan. La banshee a crié pour la dernière fois. Elle est morte en essayant de me tuer, et a préféré sauter d'une falaise pour suivre son livre de sortilèges dans l'océan.
- C'est pas vrai, répliqua-t-il, buté.
- Tu n'as pas eu de nouvelles de ta sœur ?
- Elle a voulu m'appeler plusieurs fois ici, mais j'ai refusé ses appels.
- Je vois. Eh bien, tu aurais dû l'écouter, Brendan, car ce n'est que la vérité, répondit l'autre sans émotion. D'ailleurs, je t'en ai amené la preuve. Tout d'abord, je lui dois mon bras dans cet état, elle a bien failli me faire passer *ad patres*. Et tu devines pourquoi elle voulait ma mort…

Il déballa le premier paquet et devant son contenu, Brendan resta muet de stupeur.

- Ressemblant, hein ? Regarde mieux, si tu t'approches bien tu verras des petits poils gris mélangés à la peinture… tu sais ce que cela veut dire ?

Le jeune homme déglutit avec difficulté.

- Elle… elle en avait refait un autre ?
- Oui, et comme tu le vois, c'était pour moi. Deux personnes sont venues à mon secours ce jour-là, et ont risqué leur vie pour me sauver. J'ai témoigné devant les autorités de toute cette histoire, et leur ai fourni aussi les témoignages des quatre personnes qui se trouvaient là ce jour-là. La révision du procès et une grâce immédiate ont été demandées. Tu vas sortir très bientôt, tu sais, même si on t'enguirlandera certainement pour avoir fait des aveux mensongers.

Le jeune homme se prit la tête entre les mains et des larmes roulèrent sur ses joues.

- Comment je pourrai vivre maintenant en portant ça ? Lorsque je suis arrivé… que je les ai vues… Erin expirait, et l'autre cueillait des fleurs, tranquille comme Baptiste… j'ai réalisé alors l'horreur de ce que j'avais fait. C'est de ma faute si elle est devenue ainsi.
- Pas du tout. Tu savais qu'il s'agissait de folie héréditaire ?

Brendan sembla frappé de stupeur.

- Qu'est-ce que vous dites ?
- Sa mère n'a pas disparu avec un autre homme, elle n'est pas morte non plus, mais elle croupit dans un asile depuis longtemps. Voici son certificat d'internement, cela n'a jamais été rendu public. On peut débattre du niveau de sa responsabilité avec des psychiatres, mais c'est la sienne propre.
- Tu vois ? Tu n'as pas à assumer ces crimes, intervint doucement le père O'Leary. Cependant, tu as bel et bien une responsabilité maintenant. D'abord, envers

Kelly. Elle a fait tout ce qu'elle pouvait et s'est même mise en danger pour prouver ton innocence, Brendan. Je crois que tu pourrais avoir plus de considération pour elle et pour sa loyauté envers toi. La banshee l'a attaquée, et avait bien l'intention de la tuer elle aussi, en haut de cette falaise. Heureusement, nous avons pu la sauver à temps.

Le jeune homme le regarda fixement avec horreur, et des larmes jaillirent de ses yeux.

- Oh mon Dieu… J'ai été si bête… pas Kelly aussi… oh non…

Tandis qu'Edgar tendait un mouchoir à Brendan afin qu'il se remette, le prêtre commença à déballer le deuxième paquet plus volumineux qu'il avait amené avec lui.

- Je t'ai amené un cadeau pour fêter ta sortie de prison prochaine.
- Je ne veux pas de vos cadeaux, répliqua Brendan, hoquetant, toujours anéanti.
- Oh, mais il ne vient pas de moi.
- De qui, alors ?
- Des parents d'Erin. Ils savent tout maintenant, eux aussi.

Muet de stupeur, le jeune homme découvrit une magnifique harpe celtique ouvragée.

- C'était celle d'Erin, expliqua le père O'Leary. Elle l'avait reçue pour son dernier anniversaire, c'était celle sur laquelle elle comptait travailler au Conservatoire, ici. Ils veulent que désormais, ce soit toi qui en joues à l'avenir. Et ils m'ont prié de te transmettre un message… que tu continues ta vie sans regarder en arrière, en devenant le musicien qu'elle aurait dû être. Comme cela, une partie d'elle continuera à vivre à travers toi.

Edgar retint son souffle en croisant les doigts, mais le jeune homme, d'abord stupéfait et pétrifié, se redressa soudain de toute sa hauteur, avec une fierté et une noblesse nouvelles.

- Ils peuvent compter sur moi, père O'Leary. Je jure que je le ferai.

Collection « Ombres et Mystères »

REVENANT

LE VOISIN

MYSTIFICATION

SANG BLEU

POKER FACE

LE SERPENT

BRUMES

CONTINUUM

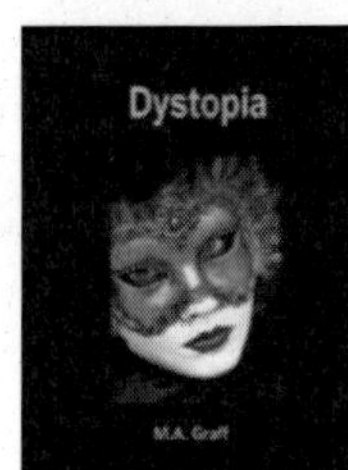

DYSTOPIA

ECHO FUNEBRE

FLEUR DE MORT

GALATEA

HORTENSE

INTRA MUROS

JEU DE DUPES

KAIROS

Série « Les enquêtes d'Edgar Spencer »

L'AFFAIRE LE GUIRREC
Tome 1

L'AFFAIRE MARIE MORGANE
Tome 2

L'AFFAIRE DU KORRIGAN
Tome 3

L'AFFAIRE DES GAËLS
Tome 4

Composé et édité par les éditions Ramsès VI
Achevé d'imprimer en octobre 2024
Par
SOBOOK SAS
A Linselles (Nord-Pas-de-Calais)

Imprimé en France

Dépôt légal : septembre 2024
Numéro d'éditeur : 978-2-919578
N° ISBN : 978-2-919578-40-5

Achevé d'imprimer chez SoBook le 09-10-2024
Linselles - France

Nos papiers sont issus de forêts gérées durablement

N° impression : 934 863